緋彈的亞莉亞
Aria the Scarlet Ammo
VI
絕對半徑2051
赤松

1彈　狩獵人類

——德拉古諾夫狙擊槍。

細長而美麗的設計。

凌駕於其他狙擊槍的輕盈感。

並擁有優越的耐久性和可靠性，是世界上著名的狙擊槍之一。

「等、等一下。妳等一下。」

德拉古諾夫和只有準度可取的競技用狙擊槍截然不同。

它在惡劣的環境下也不會故障，可半自動連射，前端甚至能上刺刀變成長槍來揮舞……是一把可怕的**實戰用**狙擊槍。

「妳是哪裡不滿意啊……蕾姬！」

而那把槍的槍口，現在正對準了我。

持槍的是狙擊科的神童・蕾姬。

她和我同年級，因為天才般的狙擊技巧被評等為S級武偵。

「——你和亞莉亞同學不能結合。」

蕾姬的語氣如常，口吻生硬地說。

她的身後是略帶寒冷的東京夜景，以及今晚外形看起來特大的月亮。

這副景象，讓我有一種莫名的不安……

「結合……？」

我聽到這句其妙的話，臉頰略泛紅光支吾說。

剛才，我和亞莉亞——

結束了偵探科的打掃後，來到了屋頂上。在晚霞當中，兩人獨處。

換個角度來看，或許就像一對親密的男女在聊天吧。

可是，為何蕾姬一看見我和亞莉亞那樣，就要拿槍指著我！

「說……說什麼傻話。我和亞莉亞不是那種關係。而且剛好相反，剛才……那個，我們在說……今後會各奔東西的事情。」

「是在談分手嗎？」

「還、還分手勒。」

「那樣正合我意。因為金次同學可以毫無顧忌地，來當我的丈夫。」

就、就是這裡。

就是這裡啊。

我現在最搞不懂的就是這裡。

蕾姬趕走亞莉亞後，就拿槍指著我……

向我求婚了！

「蕾姬，妳，我們為什麼要『結婚』啊……！」

我伸出手想制止蕾姬，同時往後退。

畢竟我患有爆發模式這種病，生活中必須盡量避開女性。

然後現在她居然說要結婚。為什麼啊！

「——因為這樣一來，金次同學也會變成烏魯斯的一員。」

「烏魯斯……？」

「就是『家人』的意思。」

家……家人？

沒辦法。我越聽越糊塗了。

好想哭啊。

「這個嘛，結婚的男女是會變成家人啦……不過我已經有一個大哥，這樣就夠了。

如果妳想要家人的話，去當別人的養女妳看怎麼樣啊？」

我抱著逃避的心理說完，

「**風說對象是你。**」

蕾姬說話的語氣，比平常還要強硬。

「**非你不可。**」

——她的口吻帶著一種強烈的確信。

她如透鏡般的眼眸凝視著我，彷彿想把我射穿。

隔著真正的透鏡——狙擊槍的瞄準鏡。

「……為什麼啊……！」

眼前的蕾姬和平常的她不一樣。

這傢伙的外號是「機器人蕾姬」。平常明明總是沉默寡言、面無表情、缺乏情感。

但是我從現在的蕾姬身上，卻感覺到某種強烈目標。

——彷彿接收到某種命令一樣。

「妳、妳聽我說。蕾姬。」

我若無其事地往斜後方退，想讓身體離開射擊線。

「蕾姬妳的行為很矛盾，想要當我家人的話，為何要拿槍指著我？妳把那東西放下，我們冷靜地**聊聊**吧。好嗎？」

「我拒絕。異性不是**聊聊**就能得到手——」

蕾姬則用最小的動作，把槍重新對準我。

「——是要用搶的。」

異性要用搶的。

這是蕾姬的男女觀嗎？這話也沒錯啦。

不過，妳的方法是不是錯很大啊？

我在心中對蕾姬吐嘈，視線中……

飄！

一塊暗褐色的布乘風而下，恰好飄往我的手邊。

那是剛才我為了掃地而脫下的制服外套。

我仰望外套飛來的方向——在比屋頂還要高一層的地方，那裡有一具空調設備。上面站著一頭野獸，正在那裡俯視我。

外套似乎是牠從偵探科教室叼來的。

（艾馬基……！）

那是蕾姬飼養的高加索白銀狼的成獸——艾馬基。

那傢伙為何要叼這件衣服過來？

我還沒搞懂……就慌忙抓住外套，把它穿上。

武偵高中的制服——外套和褲子是用ＴＮＫ防彈纖維製成。

雖然無力抵擋蕾姬剛才拿的穿甲彈，不過至少可以能稍微安慰一下自己吧。

而且彈匣內的子彈，未必全是穿甲彈。

「金次同學。」

「……幹麼？」

「我也不認為可以馬上和金次同學訂婚。」

這是廢話吧。

「所以——我最多可以給你七分鐘。」

才七分鐘嗎!?

「我接下來會攻擊你七次。這七次當中，你只要有一次能逃一分鐘以上，我就撤回求婚的決定。」

這好像是在……解釋遊戲規則呢。

我冒著冷汗，事先確認手錶。

「你要逃到哪都無所謂。不過我先告訴你，我的『絕對半徑』是2051公尺。」

——絕對半徑。

最大射程、必中距離……稱呼狙擊手可狙擊範圍的方式形形色色，而武偵界則稱為：「絕對半徑」。

簡單來說，就是該名狙擊手**能夠確實解決目標**的距離——

「也就是說，2051公尺內你不管往哪個方向逃，我的槍都能夠射中你。因為這把槍，絕對不會背叛我——」

我看著再次架好槍的蕾姬，終於……

我也下定了決心。

——是嗎，是嗎。

不管怎麼樣，妳都不打算和我談談嗎？蕾姬。

既然這樣，我就照妳的要求，陪妳玩那場遊戲吧。

平常的我，不會答應這種不講理的要求。

蕾姬是何時知道爆發模式的事情？還有為何要讓我進入？這兩點我不知道……不過，現在我是對女生言聽計從的**爆發模式**。

因為剛才蕾姬那無情感——正因如此才性感的吻。

「那麼，請在第**七次**之前，和我訂婚吧。」

但是……為什麼是「七次」？

我沒來得及發問——

啪！

「！」

銀狼艾馬基就在空調設備上一躍，從我頭上撲了過來。

仔細一看，牠穿著厚重的鐵甲，像甲殼類動物一樣保護著自己的背部。那是蕾姬幫牠穿上的吧。這樣一來……就無法像之前對付牠的同類一樣，用手槍子彈掠過脖子，麻痺牠的身體了。

「——嗚！」

我被艾馬基撞飛到偵探科大樓的緊急逃生梯。

就這樣擠成一團，從生鏽的樓梯滾落而下。

接著，艾馬基彷彿在拉出獵物的內臟一樣，從我的口袋中叼出手機，隨處一掉的瞬間——

磅！

——德拉古諾夫的槍聲！

（穿甲彈——！）

就算是在爆發模式下，也會為此打一個冷顫。

我以為自己中槍了……但是不會痛。我沒有受傷。

然而安心也只是一瞬間，鏗！

「！」

我和艾馬基擠成一團，猛力撞壞樓梯的扶手，掉到了半空中。

蹬！

接著，艾馬基把我當成跳台，自己回到了樓梯上。

我立刻把腰帶內的繩索，射入樓梯的鋼鐵骨架內，像某電影裡的蜘蛛男一樣，成功降落到數層之下的逃生梯上。

「……？」

這時我感覺左手有一種不協調感，仔細一看——

防彈制服的袖扣少了一個。

固定用的金屬還留在袖子上，從損壞的方式來看，這顆**扣子**是剛才蕾姬射掉的。

蕾姬……妳還是一樣厲害。

我剛才和艾馬基跌倒擠成一團，妳居然還能射中這顆小袖扣。

（可是，為何要射我的袖扣……？）

我皺眉之際，鐺鐺鐺鐺！

一陣爪子刮過鋼鐵樓梯的腳步聲，朝我快速接近。

艾馬基從樓梯跑下來了。

我伸手想拔貝瑞塔……但中途停止了動作。

艾馬基的防彈裝甲。那是警犬或武偵犬穿著的犬用防彈背心之一吧。

9mm帕拉貝倫彈對那裝甲沒用。射光全部的子彈，也只能暫時停住牠的腳步罷了。

我無可奈何，跑下樓梯逃離艾馬基。

——艾馬基。

這麼說來，我在春天曾經騎著摩托車，追著當時還是弗拉德手下的你到處跑對吧。

所以這次……輪到你來追我了嗎。真是因果報應啊。

到達一樓之後，

（下一發子彈，我就用彈子戲法來防禦——）

我瞬間這麼想，但隨即注意到那也不成。

彈子戲法這種招式，必須要親眼看見對方，預測他的彈道，然後配合對方開槍的時機扣下板機，才能夠成功。

面對看不見、也不知道何時會開槍的狙擊手——根本無法使用。

我不得已只好背對艾馬基，全力逃跑。

路上的行人不時擦肩而過，全都用異樣的眼光看著我。我穿過單軌電車的路線下方，飛越護欄，無視信號跑進了商店街。

我依照過去在強襲科學所到的對狙擊戰術，彎過十字路口跑進小巷內。

狙擊槍**只能以直線捕捉對方**。因為子彈只能飛直線。

所以只要像這樣跑過一個轉角，就絕對不會中槍。

「呼！呼！呼……」

我背靠著商混合大樓，看了手錶。

距離第一發子彈就快過一分鐘了。照蕾姬的規則，這樣就算我贏了。

我看了十字路口的方向，確認艾馬基還沒追上來的瞬間——

——鏗！

路旁的信號機支柱，冒出了火花。

「！」

下一秒鐘，一陣麻痺竄過我的左手。

（中、中槍了……！）

我慌忙看了左手——袖扣又被子彈削掉了。

蕾姬她——

射擊信號柱，利用**跳彈**來攻擊我的手嗎！

跳彈狙擊。

這招和我的彈子戲法構想類似，我是把彈道改成V字型；而蕾姬則是把彈道**改成L字型，狙擊跑過轉角的敵人**。

我咂嘴，更進一步往錯綜複雜的小路逃跑——但身後傳來鏗！鏗！兩聲跳彈音，這次換我的右手麻痺了。

——雙重跳彈狙擊……！

子彈跳過信號柱和垃圾桶，追到小路裡來了嗎！

（這、這怎麼可能……！）

我又一個咂嘴，同時穿過巷內一間服裝的自動門。

這裡拐了兩個彎，而且是在店內。店門口沒有可以讓子彈跳彈的電線桿或郵筒。

（這裡的話肯定……沒問題！）

這家店似乎沒什麼人氣，店內只有外形如少女的假人模特兒林立，沒有顧客的身影。

──刷刷！

艾馬基如疾風般跑到了店門口。店員看見牠的身影，嚇得趕緊跑進店裡。

正合我意。抱歉就讓我固守在這裡吧。

「……？」

我拔出手槍，對準敞開的店門──皺起了眉頭。

艾馬基沒有進來。

牠站在地毯上讓自動門打開，前腳張開穩住了腳步。

（……！）

我注意到的時候，已經太遲了。

鏗！鏗！彎過小路的子彈，又鏗了一聲！

從艾馬基**背上的金屬板**彈開，朝我的方向飛來──

咻！快速掠過了我的右臂。

「——嗚喔！」

我被子彈擦倒，跌在假人模特兒的腳邊。

我低頭看了撐地的手——發現右手的袖扣已經掉光了。

爆發模式下的腦袋，告訴了我這代表什麼**意思**。

我的制服上除了胸前的兩顆扣子外，左右手各有兩顆袖扣——合計有六顆扣子。

蕾姬**一次會射擊一顆扣子**。

——我的腦中回想起蕾姬剛才說過的話。

『那麼，請在第**七次**之前，和我訂婚吧。』

等到六顆扣子被射光，而我還沒說ＹＥＳ的時候——

第七發——妳想要射哪裡？蕾姬。

妳想殺了我嗎……！

「……該死……！」

蕾姬看得見我，可以射擊我。

可是我卻看不見她。無法開槍還擊。

（這就是，狙擊手……！）

狙擊槍和手槍的戰鬥，有如長槍和劍。距離像這樣被拉開後，手槍的子彈便無法**射中**狙擊手。即使開槍的是爆發模式下的我也一樣。

我單膝跪地起身，抬頭看見的假人模特兒少女……第一時間看起來全都像蕾姬。

這種恐怖感。我好像快瘋了。精神逐漸被逼到絕境。

現在的我，只不過是被銀狼追趕，然後在獵人槍口下不停逃跑的**獵物**。

沒錯……這是蕾姬的「狩獵」。

——「狩獵人類」……嗎！

我用貝瑞塔威嚇射擊，直到子彈用盡才勉強逼退艾馬基，同時用變得斷斷續續的爆發模式，思考藏身的地點。

不知道為什麼……

這次因為蕾姬而進入的爆發模式，結束的速度異常之快。

（「掩蔽物後方」不行的話，那就躲到「被掩蔽物**圍繞**的空間」裡……！）

這樣或許可行。

我如此思考，倉皇失措地衝過小路，回到學校的專門校區，爬上圍欄逃進車輛科的停車場。接著衝到一輛停在那裡、看似堅固的四輪傳動車上，並從武偵手冊中拿出開鎖工具，打開了車門。

武偵車全都是防彈車。可以擋住對人用的穿甲彈。

只要躲在這裡——

我進到車內關上門。

門上的玻璃突然啪一聲！

「！」

立刻就出現了蜘蛛網狀的裂痕。是蕾姬的狙擊。

不過子彈沒有射進車內，只是射花了防彈玻璃，然後彈開。

活、活該。

（我……贏了！）

我擦拭冷汗的手，這時突然僵住了。

——啪！

——啪！

啪！啪！啪！

狙擊……持續了好幾發。

不偏不倚地打在門上玻璃的**同一點**上。

就像拿鐵鎚把釘子打在木板上一樣，蕾姬終於——

嘩啦啦！

打穿了防彈玻璃！

咻！我制服——胸前第二顆鈕扣被扯掉，飄舞在半空中。

我的腦海中……又閃過蕾姬剛才說過的另一句話。

『你應該要知道，只要用對方法，還是有人可以輕易殺死你們。』

沒錯。要是蕾姬……瞄準我的腦袋，而不是鈕扣的話。

我的腦漿早就在空中飛散五次了。現在我明明是爆發模式。

我靠著爆發模式，贏過了貞德、弗拉德、佩特拉——

甚至還贏過夏洛克啊！

該死！對，我知道了！非常清楚了！妳比我還強！

所以住手吧！蕾姬！

我制服上殘留的扣子，只剩下一顆。

我跑出玻璃破裂的四輪傳動車，祭出最後的手段。

我不是拉開距離逃跑。因為逃也沒用。

（應該反其道而行……！）

爆發模式結束的前一刻，我腦中最後閃過的逃脫地點是——起點，偵探科。

蕾姬占據的大樓。就是那裡。

那傢伙在屋頂上的話，絕對**射不到正下方**。

就算她下樓梯想到教室攻擊我，時間也不夠吧。

我全速衝進大樓內。接著，跑入我和亞莉亞在傍晚比賽拖地的教室，沒有開燈。

我看了一下手錶——距離剛才的狙擊已經過了五十秒。

還有十秒。九、八、七……

很好。我在最後一刻逆轉勝了。多虧了這個反其道而行的想法。

當我鬆了一口氣時——

「！」

眼前出現了飄動的頭髮和裙子，是**蕾姬**——

——磅——！

她用幾近筆直的姿勢飛落而下，從窗外對我開槍！

超近距離下射出的子彈，打碎了窗戶，

飛向正要轉頭的我。

鏗！

精準地打飛了，我制服胸前的第一顆鈕扣！

（被擺了一道……！）

蕾姬在一臉茫然的我面前，滋滋滋……！

用戴在左手腕的小型電動捲線軸，捲起掛在屋頂上的繩索，從窗戶進到教室內。

接著，她抬起了那張像ＣＧ遊戲角色的臉蛋……

以機械式的動作，重新架好德拉古諾夫。

瞄準了我邋遢敞開的制服胸口——毫無防備的**心臟**。

「——我、我輸了。我知道了。別開槍。」

蕾姬真的是一個不知道在想什麼的傢伙。

搞不好她真的會用**第七發**子彈射殺我。

先前和佩特拉交手時，她曾經滿不在乎地開槍射穿過對方的額頭。

「要我訂婚或幹什麼都行，所以不要再開槍了。」

能夠仰賴的救命繩——爆發模式已經解除的我，舉起雙手表示投降。

蕾姬在我面前……

鏗一聲把德拉古諾夫放在地上，靠著桌子。

「——那麼金次同學，從現在開始，**我就是你的東西了**。我會把婚約的詔書，翻譯成現代的中文……所以可能會有一點生硬，請你見諒。」

蕾姬又拿下了耳機，走到了我的面前——

在夜晚空無一人的教室中，下跪了。

她的身後……今晚分外斗大的明月，正在破碎的窗戶外散發著光輝。

「我今後將會服侍金次同學。請把我的槍，當成自己的武器自由驅使。請把我的身體，當成自己的所有物自由使用。」

……喂、喂……

「新娘會遵從丈夫所言。我在此發誓，面對丈夫的敵人，我必會成為一發子彈，給予對方毀滅。」

妳……妳在說什麼啊。

剛才妳明明還放狼咬我，朝我亂開槍的說……

現在妳說「要變成我的所有物」？

「烏魯斯一即是全，全即是一。今後我們烏魯斯四十七女，將隨時並永遠成為你的助力。」

蕾姬在目瞪口呆的我面前，語氣有如在背誦文言文，如何說完後——

輕快地站了起來。

然後把耳機重新戴好，再把德拉古諾夫掛回肩膀上……

「……」

接著保持直立的姿勢，動也不動。

不帶感情的視線，凝視著半空中。

這是……平常的蕾姬，吧。她沒有殺氣了。

理由我不清楚，不過她似乎停止了前一刻還在運轉的獵人迴路。

「……」

我和蕾姬一樣久立在原地，感覺到背脊發寒……一邊用普通模式下的腦袋拼命思考，試著整理至今為止這一連串莫名其妙的經過。

剛才的「狩獵人類」八成是蕾姬的武力展示吧。

──你如果從我身邊逃走，我會射殺你。

她狠狠地讓我體會到這項訊息。

然後，再重新宣言和我訂婚。

──我是你的所有物。

這兩項訊息有點前後矛盾，不過沒辦法，我所接收到的訊息就是如此。

（………）

我搔著後腦勺，努力想掌握目前身處的狀況。

我被狙擊手抓住，要是逃走就會被狙擊。這個狀況在武偵用語中，稱為：「狙擊拘禁」。於我待在對方的絕對半徑內，就像被關在無形的柵欄中一樣。

我在強襲科學過，遭到敵方拘禁的原則是……暫時假裝投降，受到任何對待都不要抵抗，唯唯諾諾地聽從對方的命令。

之後再想辦法。看是要趁隙逃脫，還是呼叫援軍。

唉呀……現在的蕾姬，看起來沒打算像黑道或恐怖份子一樣，殺害我或拷問我。這邊先選擇「投降」應該是正確的吧。

所以我暫時先舉白旗——

「……………」

不過今後該怎麼辦呢。我不知道下一手要出什麼。

而且蕾姬現在動也不動，就像進入了待機模式一樣。

「……………」

我試著退後一步、兩步後……

她碎步快走。

嗚！跟上來了。

我背對她離開教室後……她也跟在後面碎步走了過來。

……真是討厭啊。好像有背後靈跟在我身後一樣。

我心想，正打算快步下樓時——

蕾姬似乎察覺到我的意圖，抓住了我的衣袖。

「……幹麼啊？」

「請不要離開我身邊。」

「為啥啊？」

「因為你不能被敵人攻擊。」

敵人勒，我是被誰盯上了嗎。

這麼說來，這傢伙在狙擊我之前，好像有說過「今後的敵人」之類的。

……那不是在說妳自己嗎？

不過，現在隨便抗議可不妙。要是我的抗議又觸碰到蕾姬奇怪的開關，屆時遲來的第七發子彈可會讓我腦袋開花。

「我說……接下來妳想怎麼樣？蕾姬。」

「我會聽從你。你可以對我下任何命令。」

「……離開我身邊。」

「這我辦不到。」

搞屁啊。妳明明說任何命令都可以。

我一臉不滿地轉過頭，

我模仿在電視上看到的老電影「魔鬼終結者2」，壞心眼地說。

「那……妳抬起一隻腳。」

接著——沙！

蕾姬在樓梯上稍微抬起右膝，單腳站立，像在跳弗朗明哥舞一樣。

嗯……會聽從我任何命令那句話，看來是認真的。

……很好。我想到一個好辦法了。

「再舉高一點。」

搞不好馬上就會有機會逃走。

我要——**讓蕾姬跌倒**。回敬她剛才對我開了那麼多槍。

她如果從樓梯上滾落，摔得頭暈目眩的話，我就趁機搶走她的德拉古諾夫逃之夭夭。

我在心頭盤算，而蕾姬則在我的斜上方，抬起了像小鹿一樣的腳。

不過，她身體的重心完全沒晃動。好厲害。她的平衡感可以媲美體操選手。

沙沙……沙沙沙……

白色的膝蓋越抬越高，越抬越高……

幾乎呈水平的的大腿上，裙子被撩了起來。

「……！」

啊……喂……

映、映入我眼簾的景象，變、變得有點猥褻喔！

「夠、夠了夠了！放下來！」

我背過臉，急忙再次下令。

——咚！

蕾姬放下腳，恢復成直立的姿勢。

裙子慢了一拍，也跟著恢復原狀。

「？」

蕾姬看到我驚慌失措，頭以毫米為單位，歪頭不解。

不對，妳這邊不應該是問號吧。照那樣抬起腳來，短裙內的東西會被看光光喔。如果妳是女生的話，應該要稍微害臊一下，然後感到厭惡吧。

蕾姬真的是——機器人少女呢。

她現在等於硬是把自己的遙控器塞到我手上。

而且還是一支什麼都有，就是缺少「離開」按鈕的缺陷遙控器。

我。

我身後的蕾姬。

蕾姬身後的艾馬基。

我領著像RPG角色一樣的隊伍，走在夜路上……一邊陷入思考。

老實說，我現在的心情糟透了。很想趕快回家睡大頭覺。

不過，在這種時間把蕾姬帶回自己的房間——跟剛才誤會我和蕾姬關係的亞莉亞碰面，實在會很尷尬。

還有白雪。她說過今晚會住在明治神宮……不過我這個大家公認的倒楣鬼，有可能會遇到以下的連續狀況：「我的行程提早結束，所以回來了！」↓「有害蟲跟著小金！

害蟲要殺掉！」造成我的房間爆發第三次大戰。

那武藤或不知火的房間……不成。只要蕾姬跟著我，那也不可行吧。

我無處可去，窮途末路。當我把這件事告訴蕾姬後，

「那請到我的房間來吧。」

她居然滿不在乎地開口說。

直到這一刻，我才總算發現……自己處於只能如此的**將死**狀態。

（真討厭啊……女生宿舍……）

我悄悄進到第二女生宿舍，以免被舍監老師發現。蕾姬和艾馬基也壓低了腳步聲，躡腳走法比我還高明。話說蕾姬。妳那種完全無聲的步法是怎麼回事。要我來的人是妳，原來妳也知道被人抓包會很不妙嗎？

我在心中發牢騷，同時到了蕾姬的房門前。

「……」

裡頭還是一樣十分單調，沒有生活感。

裸露在外的燈泡照亮室內，內部沒有一件像樣的家具。話說，為何牆壁上連個時鐘都沒有啊。真佩服蕾姬能夠在這種惡劣環境下生活。

這是我第二次來這裡，室內真的會讓人些許發寒呢。

「…………」

話雖如此，此處一樣是獨居女子的房間。

我接下來必須在這裡和蕾姬兩人獨處。

這……對我來說，可是一大危機。會爆發的危機。

會這麼說是因為，萬一我爆發了，變成那個像牛郎一樣的個性，陪蕾姬到天亮的話……我可能會利用對方不會反抗這一點，做出必須要結婚以示負責的天大暴行。

（要小心為上啊……）

蕾姬蹲在混泥土裸露在外的玄關處，脫下鞋子時，露出了衣領下雪白的頸部。我從那裡避開視線。

蕾姬**從不化妝**所以不顯眼，其實——

她是一位相當漂亮的美少女。

就算是素顏，那張一本正經的臉蛋，也好比化妝品模特兒般，端整秀麗。

就像蕾姬的隱藏粉絲們所主張的一樣，她的面無表情雖然叫人難以接近……不過也很可愛。

「——金次同學。」

「嗯？啊、啊！怎麼？」

我在胡思亂想時，蕾姬突然抬頭看我，於是我語氣緊張地回答說。

這、這張面無表情的臉蛋，眼珠這樣上轉看人——該死，好可愛啊。好像小狗呢。

「這是這裡的鑰匙卡。請自由使用。」

蕾姬把感應式ＩＣ卡遞了過來。

那潔白纖細的手指，讓人想像不到剛才曾經扣過狙擊槍的板機。

（……如果我說不要的話，她的狙擊槍可能又會噴火了。）

我莫可奈何，想收下鑰匙卡時，我的手指……和蕾姬柔軟的手指——

沙！

瞬間相碰，重疊在一起。

——撲登！

我的心臟發出了奇妙的聲音。

似乎介於「小鹿亂撞」和「驚嚇」之間。我的心臟還真精巧啊。

「……」

「……」

呃……該死。我說不出話來。我真的不擅長……應付女生。不管過了多久。不管是哪種女生。

蕾姬從玄關走到深處的房間，房內有一張桌子——幾乎是這裡唯一的家具——上頭放著整備槍枝用的金屬刷，以及類似鐵砧的道具。

我佇立在空無一物的起居室，對毫無擺設的空間感到厭煩……於是也跟著進到那間像工房一樣的房間。

「……打擾了。」

「……」

蕾姬沒看我一眼，姿勢端整地坐在椅子上，開始整備狙擊槍。

喀嚓！喀嚓！鏗啷！

她漂亮地分解槍枝，將零件逐一清理乾淨。

蕾姬的手邊沒有手冊之類的東西。

德拉古諾夫的零件構造，甚至連每一根的螺絲位置，她都記得一清二楚呢。

蕾姬完善的整備，可媲美裝備科的老師。

接著她架起狙擊槍，瞄準牆壁，確認槍枝整備後的狀況。

有如一個在保養日本刀的劍客。

「金次同學。不好意思，現在開始請你——盡量不要呼吸。」

「……不要呼吸？為什麼？」

「因為吐氣時的水分，可能會附著在子彈上造成影響。」

蕾姬說完，從桌子抽屜拿出一個塑膠盒，又從盒中取出密封塑膠袋裝的7・62mm

x54R——狙擊槍的實彈。

（不……不要呼吸？這傢伙真是神經質啊……）

我暫且壓低呼吸，看著蕾姬工作。

仔細一看，桌上還有一個天秤。那個道具可以精準測量放入子彈內的火藥量。

簡單來說，裝在那個盒子內的子彈，全都是蕾姬親手做的吧。真是一絲不苟啊。

哪像我，平常都是買美軍倒賣的手槍子彈。而且還專門挑打折的時候。

「……」

蕾姬戴著手套，一發，兩發，把子彈立起排在桌上。

等距放了二十發子彈後……

接著像掃描器一樣，毫不眨眼地從右往左看……

最後挑出了一發子彈。

蕾姬在眼前從各角度檢視那發子彈，似乎想用肉眼和指尖，找出連測量器都測不出來、以微克和奈克為單位的誤差。

「……」

那發子彈似乎合格了，只見蕾姬把它塞進了彈匣內，隨後把剩下的十九發……嘩啦嘩啦！

全都丟進了腳邊的垃圾桶。

接著又立刻拿出另一個放有二十發子彈的盒子。

「妳在幹麼啊？」

「防止啞彈。我從二十發中，只挑出最優良的一發來使用。」

「……別做那麼浪費的事情啦。現在是環保的時代。啞彈會發生的時候就是會發生。」

「我到現在從來沒發生過。」

蕾姬對槍枝方面的事情似乎自尊心甚高，只見她雙手從左右側拿起箱子，回嘴說道。

「這個……保養是很重要沒錯啦。可是槍也是一種道具，也會不聽使喚的時候。要連那種狀況都能妥善處理，才叫作武偵吧？」

「**槍，不會背叛我**。」

蕾姬回答的語氣略微強硬，接著把可愛的嘴唇閉成了一字型——

重新面向桌子，繼續選子彈的作業。

的確……用那種挑選方式，啞彈的可能性會變成零吧。

（不過——這傢伙實在是不可小覷。）

她每經歷過一場戰鬥，就會把步槍細部分解來保養，防止故障。

子彈則是精密的手工製品，而且還從中嚴選，啞彈的風險絕對是零。

蕾姬的專業級態度，沒有絲毫的破綻。

我為了保命，只是暫時當俘虜敷衍一下……

不過照這樣看來，我根本沒有機會逃脫。

（應該說……我不管逃到學園島的哪裡，只要是在半徑兩公里以內，蕾姬都能射中我……）

這樣看來逃走似乎沒有意義。

這樣一來——只能**請蕾姬停止攻擊我了**。

要如何才能做到這一點呢？

我背靠牆壁上，在腦中摸索重獲自由的方法。

這麼說來，我在強襲科的副教材上有看過——

成為人質之後，若對方沒有破綻、自己也無法逃走時……最後只能靠一種叫作「利馬症候群」（lima syndrome）的手段了。

所謂利馬症候群是指「監禁者和人質朝夕相處之際，構築出良好的人際關係，因而停止攻擊人質的現象」。西元一九九六年，位於利馬的日本駐秘魯大使館曾經發生過占領事件，當時曾經發生過這樣的現象，故以此命名。

（可是——那種方法可行嗎？對這個機器人女孩……）

我如此思考——

喀嚓！

一邊以絕望的心情，聽著蕾姬把塞有精選子彈的彈匣，裝入德拉古諾夫的聲音。

手槍的整備結束後，

蕾姬碎步朝起居室的深處走去。

走路的同時，脫下了跟領帶一體成形的領巾。

……這次是哪一招？

我看著她的背影……

只見蕾姬走到放有小型洗衣機的深處房間，連耳機也脫了下來……

「……」

接著，她把手放到制服上。

「………」

刷！

「──！」

把、把衣服一口氣往上脫掉了！

「──等！等一下！妳幹麼脫衣服啊！」

蕾姬珍珠色的美背，讓我手足無措。

「因為我接下來要洗澡。」

「不、不要轉身啦！」

「——肉體不潔，身體的狀況就會不佳。這樣會影響到狙擊的精準度，所以身體必須時常保持清潔。」

滋！她拉下拉鏈，啪沙！

連、連裙子也脫掉了。沒有半點猶豫。

蕾姬爽快地露出了樸素的純白色內衣褲，我慌忙轉過身去。

「我說的不是那個啦，我、我會看見吧！」

「我不介意。」

「我介意！」

「——艾馬基，過來。」

蕾姬似乎不明白我的抗議，又是一陣窸窸窣窣的聲響。

發出了好像是摩擦衣服的聲音。

這聲音的源頭——我、我一點都不想去思考。

有夠麻煩的傢伙。

我一直覺得她是一個沒有情感的傢伙，想不到居然會到這種程度。

為何她在我面前……可以毫不介意地脫衣服啊！

接著，艾馬基從我身旁走過去後，浴室門應聲關上後……

門後真的傳來了蓮蓬頭的瀝瀝水聲。

我的眼睛也像蓮蓬頭一樣，快要飆淚了。畜生！今天真的有夠倒楣。

——「利馬症候群」。

我要花時間和蕾姬構築人際關係，然後再說服她釋放我。

這是我逃離此處的最後手段。

（可是……啊。）

人際關係是和**人類**構築的。

跟這位非人類的蕾姬，似乎無從構築起。

換句話說，要用這個方法必須先讓蕾姬的人類情感覺醒才行。

那是在繞遠路——而且，還是一條不知該如何走起的道路。但是，不想辦法的話，就無法請她解除狙擊拘禁。我必須抱著欲速則不達的精神，先讓蕾姬「人類化」……

我也借了浴室洗完澡後——

頭躺在趴地的艾馬基身上，暗自構思計畫。

艾馬基的狼毛剛才溼透，外形變得像是別人家的狗一樣，不過牠到陽台啪搭啪搭地高速甩水後，又恢復到了原本的模樣。現在狼毛蓬鬆，拿來當枕頭剛剛好。

「……」

我往旁邊一看，穿著水手服的蕾姬，雙手抱膝坐在牆邊。

看來她有好幾件制服可以輪流穿。

「……」

蕾姬一直都是雙手抱膝坐著睡覺，之前我聽到這點還很訝異。

據說在日本戰國時代——一部分的武士習慣抱著武器坐著入睡，以隨時應付敵人的襲擊。蕾姬到了現代還這麼做，連睡覺時都沒有破綻。

（呃……不過以一個女生來說，她倒是破綻百出。）

……她居然穿著制服的短裙，雙手抱膝坐在那裡。

她把狙擊槍像拐杖一樣抱著，我知道那樣的姿勢很安定……不過妳體諒一下我的眼睛吧。托妳的福，我為了不讓自己看見多餘的東西，連選位置要躺都很困難。不過，這邊不管怎麼躺都是水泥地啦。

「……熄燈的時間到了。請問我可以關燈嗎？」

我聽到蕾姬的話，看了一下手錶，恰好九點整。連秒數都完全一致。

蕾姬的生理時鐘準確如機器。難怪牆壁上沒有時鐘。

「沒差。在這種空無一物的地方，我也找不到事情可以做。」

我略帶挖苦地說完，蕾姬啪嚓一聲！

用德拉古諾夫的前端，按下身後牆上的按鈕，關掉電燈。

不過，大海另一頭的東京街燈滲入了室內，所以周圍不是一片昏暗。

「……」

蕾姬的雙眼就像飄浮在黑暗中的寶石。接著，她靜靜闔上了眼。

那是關掉電源的機器人，靜止下來的動作……不過她好像還在呼吸。發育不算優良的胸部，正隨著呼吸微微起伏。

「……」

蕾姬在微弱光線下的睡臉——

她是一個可恨的對手沒錯……但我卻覺得那臉龐十分美麗，會讓人稍微看得出神。

這算是有一種透明感嗎？她端正的五官彷彿出於名工匠之手的人偶……就像一個用水晶之類的物品，所做出來的精巧雕刻。

飄～

一陣植物性洗髮精的淡淡香味，隨風飄來。晚風來自微開的窗戶。我知道蕾姬剛洗過、些許溼潤的頭髮，正在風中逐漸取回原有的柔順。

「……妳睡了嗎？」

「……沒有。」

蕾姬睜開了雙眼，朝這裡望來。

這種氣氛讓我隱約覺得：原來蕾姬也會在睡前思考一些東西。

現在的氣氛，看來能稍微靜下心來聊聊了。

我如此心想，

「我現在重新問這個問題也很奇怪啦……不過，妳為什麼想把我搶到手啊？」

於是單刀直入地，問了一個我從一開始就很疑惑的問題。

「因為『風』命令我這麼做。」

「風……？那是什麼？是某人的代號嗎？」

「不是人。風就是風。」

風……

就是呼呼吹的那個風嗎？

那是大氣的流動。一種自然現象。那種東西不可能會命令人吧。

「風是什麼意思啊？」

「風，就是風。」

……嗯……

我看再問下去也是白搭吧。照這樣下去，問題似乎會陷入：「那是什麼？」「是風。」的無限循環。

——從別的切入點問看看吧。

「……是『命令』的話，那這個訂婚，該怎麼說呢……就像是一種政治結婚，不是妳自己的意思囉？」

「對。」

……喂喂……

我繃緊了臉頰。

「……只要是那個風說的東西，妳都會唯命是從嗎？我是不知道原因啦，可是妳被逼著要和我這種人政治結婚……這樣好嗎？」

我感到一陣愕然，如此問完之後，

「——我是一發子彈。子彈沒有人心。故不會思考——」

蕾姬用平常狙擊時呢喃的、有如咒文般的話語回答說。

——不會思考。

換句話說，對那位風先生的命令，她只會遵從不會去思考嗎？

就像扣下板機後必定會射出的子彈一樣。

「………」

關於拘禁的話題……我沒辦法繼續問下去。

因為我領悟到光動口是沒用的。

蕾姬的想法，不會馬上改變吧。因為說來說去，她根本沒有想法。

我們的對話彷彿在打禪機，我無法去「改變」原本就「沒有」的東西。

這番對話到頭來沒有任何意義，我嘆了口氣——

「那……我就陪妳玩這場辦家家酒吧。我該做什麼才好？」

接著又問了另一個自己在意的問題。

我只要像這樣無所事事，扮演一個廢材老公就行了嗎？

「我不知道。」

……妳不知道？妳從來沒想過嗎？

也有這種不負責任的綁架犯啊。

「不過，我和金次同學在生理構造上已經不算小了……」

蕾姬輕碰脫下的耳機，聲調沒有陰陽頓挫，又繼續說道：

「所以只要生活在一起，天性自然會引導我們吧——風是這樣告訴我的。」

「天性會引導我們……？」

「對。風說我們自然就會有小孩。」

小……

「小！」

鏗！

我的頭從艾馬基身上滑落，後腦撞在水泥地上。

話、話題從結婚，又飛到十萬八千里外的地方了。

……那、那種事情！

我沒辦法！絕對沒辦法！基本上要我對女性——！

我原本想一口回絕蕾姬的話，不過她八成知道爆發模式的事情。也就是說，我傍晚因為蕾姬的吻而性亢奮的事情已經曝了光，所以我的拒絕不會有說服力吧。

「可是，我不知道該怎麼做……所以那方面的事情，都交給金次同學了。你應該很清楚怎麼做吧，所以新娘只要把身體交給丈夫。」

蕾姬淡淡說著。我起身的同時，

「應、『應該很清楚怎麼做吧』這句話……是什麼意思啊？」

「因為金次同學受到許多女性的喜愛，所以我想你對男女方面的事情，應該也很清楚才對。」

「我、我並不清楚。真要說的話，我應該算晚熟。因為我活到現在，一直在迴避那一類的事情。為了不讓那個叫爆發模式、妳也知道的疾病發作。」

我吐出這句話，又以艾馬基的肚子為枕躺了下來。

「而且，萬一真的有女生喜歡我……那也是喜歡爆發模式下的我罷了。原本的我一無可取，只是一個無聊的男高中生啦。」

「——不對。」

蕾姬用清楚的聲音，反駁了我的話。

「你除了ＨＳＳ……爆發模式以外，還秘藏著卓越的能力。」

「……？」

除了……爆發模式以外？

有人對我說這種話還是頭一遭呢。

「──其中之一，就是潛在性的領袖魅力。我想你自己應該很難注意到吧。」

「潛在性……？」

這麼說來……以前綴老師也對我說過類似的話。

說什麼『你具有潛在性的領袖魅力』之類的。

「那是領導人的資質。將領的資質。」

……還將領勒。

妳是說將軍嗎。

「你在伊・Ｕ一戰中，成功扮演了連繫多位同伴的核心角色──甚至把敵人變成了自己人。這是你卓越的領袖魅力開始萌芽的徵兆，這麼想絕對錯不了吧。因為只要有優秀的將領出現，士兵很自然就會集合過來。」

「……我說啊……」

我搖頭。

「我進入爆發模式也比妳弱。智商在我父親和大哥看來，也幼稚拙劣到悲慘的地步喔。不可能會有像我這樣的領袖吧？」

「將領需要的不是絕對的力量和智慧。那應該是各個士兵必備的東西。而且我不是在談論爆發模式，而是在說明你的人格部分。」

「……」

我稍微翻身，背對了蕾姬。

蕾姬在個性上……不會說謊。

所以這是她的肺腑之言，不是在奉承吧。

「……」

我……

就算不照鏡子也知道，自己的臉頰已經泛起了紅光。

我不知道為什麼……就是覺得異常害臊。

我想她太高估我了，所以才會這麼率直地……誇獎我的內在部分，而非爆發模式。

因為我活到現在，從來沒碰過這種事情。

我不知道該做出何種反應。

「而且，你剛才說自己比我弱——可是我知道，如果拿出真本事的話，其實你比我還厲害。你還在隱藏，封印自己真正的實力。」

「——別再說了。」

我——

以些許低沉的聲音，制止了身後的蕾姬。

蕾姬說得對……傍晚那一戰……

只要我想的話，可以把艾馬基和蕾姬殺得片甲不留吧。

不用選擇逃跑——

只要我願意，我可以抱著**殺死**他們的決心，轉守為攻。

「……我不想拿出那種實力，以後也不會。我對妳發飆使出全力了又怎麼樣？」

「……」

「手槍和劍誰比較強之類的，那種事情——無聊死了。我趁這個機會也告訴妳一聲，我明年就要離開這所學校，去讀普通的高中。怎麼樣？這就是我的真心話。妳的期望落空了吧？」

「不會——既然這樣，我也會離開武偵高中，去上普通的學校。跟你一起。」

聽到蕾姬的回答，我不由得轉過頭來。

這種反應……我也是第一次碰到呢。

我說這種話，亞莉亞和白雪都不會給我好臉色看的說。

「——學校無法決定一個人的本質。不管讀哪裡，你都是你。」

蕾姬依舊雙手抱膝坐著，看著斜下方的地板，平靜的表情一如往常。

「金次同學要讀一般高中，是因為有什麼想做的事情嗎？」

我聽到蕾姬的反問，一時語塞。

「……那個……以後再想。先等我轉學。」

「是嗎？」

應該不是那樣吧？

蕾姬的聲音似乎帶有這層意思。我彷彿受到她引導般——

「要說有的話……也是有啦。」

下意識收回了剛才打馬虎眼的話。

「可是……那只不過是我腦中一個模糊的夢想罷了，實際上我沒為自己的夢想……付出過任何的努力。所以現在，我只是在武偵高中混時間，處於半吊子的狀態。」

我自己知道——不能繼續這樣下去。

雖然我心知肚明……

卻因為我現在就讀的學校，而踏不出最初的那一步。

「……」

蕾姬讀出了我的想法，彷彿在顧慮我一樣……沉默不語。

（蕾姬……）

我沒想到自己會……應該說，自己能和她聊這種話題。

我抱著一絲反省的心情，看著蕾姬的側臉。

蕾姬不會和人深交。不管對誰，都只是表面上的來往。

所以她沒有朋友。硬要說的話，她的朋友頂多只有亞莉亞。

而我也沒想過——

會對蕾姬說出這種真心話。

這種放在內心深處的事情，我在武偵高中內從來沒跟別人聊過。因為沒有人可以和我聊。

一想到這，剛才我一直在排斥蕾姬的心情……

便稍微好轉了。

好轉——換句話說，就是帶有一點親近感。

「……」

蕾姬似乎感覺到我內心的想法，轉了一下眼珠和我四目交接。

「……」

蕾姬無言凝視著我。她的視線……

讓我無意中開始覺得：她在等候某種命令。或許是我誤會了也說不定。

（……命令……）

這麼說來，我剛才……拿到了一支隱形的遙控器。可以控制蕾姬。

——一支唯獨缺少了「離開」按鈕的缺陷遙控器。

……

反過來說，上面有「過來這裡」的按鈕吧。

……

……不對不對。都說不行了……！

我因為放鬆警戒的原故，瞬間閃過了一種邪念。

想叫蕾姬爬到我身邊來。

我心生害臊稍微移開了視線後，她如陶器般雪白的肌膚上，綻放的粉紅色嘴唇，便映入了我的眼簾。

（……那個嘴唇，剛才突然……親了我的嘴……）

蕾姬似乎對我的視線有所反應，我感覺她的嘴唇——

細微地，以毫米為單位動了。

我心頭一慌，感覺自己的想法被她看穿了一樣。

……不妙。

事到如今我才注意到，蕾姬可能是至今最難應付的敵人。不論是在能力上，還是在爆發模式的層面上。

不管如何，蕾姬都讓我痛感到一件事情，就是她越看越漂亮。

我不想承認，可是她的確有一種……不同於亞莉亞、白雪和理子的魅力。

「睡……睡覺吧。明天是第二學期的開學典禮。我可不想一開學就遲到。」

我說完面朝天花板，把艾馬基的尾巴當成了眼罩放在眼睛上。

挪開視線的剎那間，我瞥見蕾姬的臉龐。

她雖然和平常一樣面無表情，但我卻沒由來地——

感覺她的臉上……

帶著一絲的悲傷。

2彈　潑水祭

九月一號──

日本第二學期開學。當天的開學典禮上，我們會按照國際慣例，穿上漆黑的制服出席。這身制服被稱為：「防彈制服・NERO（黑）」，是仿自世界第一所武偵高中：羅馬武偵高中的制服。

講堂內的鐵管椅擺成了四方形，身穿黑衣的學生們成排地坐在上頭。這情景看起來就像一支小型軍隊，又像是在參加某黑道大哥的喪禮。

前方舞台中，左右敞開的幕簾上原本有彈孔，現在已經補好了想掩人耳目。而綠松校長就站在中央的講台上，發表武偵國際合作的相關演說。

日本雖然治安惡化，不過還是被歸類為安全的國家，因此東京武偵高中會積極接納，在國外更有緊張感的環境下長大的武偵高中留學生……之類的內容。

……喂喂。拜託不要再增加校內的緊張感了。

或許是因為武偵高中採取這種方針的原故，現在講堂的角落還坐著一群來自香港武偵高中的學生。

定睛一看，裡頭不只有高中生，還有國中生……以及看似小學生的人。真不愧是國外啊。

（日本在不久的將來可能會跟美國一樣，出現五歲小孩拿槍亂射的景象吧。）

昨晚在蕾姬房間沒睡好的我，如此心想的同時忍住了哈欠。

第二學期的開學典禮不會點名。因此不認真如理子，還有忙碌如亞莉亞的學生都會蹺課。會出席的只有乖乖牌、閒人，還有像我一樣不想被扣半點校內成績的爛學生。

蕾姬……

她和我一起到校後，就跑進講堂的休息室去了。因為今天輪到她出席開學典禮後的儀式——一種把步槍和狙擊槍當成指揮棒耍的樂隊行進。

所以我才能像這樣，享受片刻的自由。

話雖如此，只要有那把德拉古諾夫在，半徑兩公里內都是蕾姬的五指山。

而且艾馬基還趴在我的腳邊，露出了「你要是逃走，我就跟主人打小報告！」的表情不時抬頭看我。畜生。

當我盯著監視我的艾馬基時……

「遠山，我可以坐你旁邊嗎？」

「喲！金次。看來你好像不用留級了。」

有兩位男性來到了我身旁的座位。是乖乖牌不知火和閒人武藤。

型男不知火從第二學期的第一天開始，就滿溢著清潔感；武藤則是暑假放傻了，滿臉鬍子沒刮。你們兩個真的是強烈對比啊。

「你聽我說啊，金次。昨天好像有人開槍亂射耶。我四輪傳動車的玻璃被人射破，又要跟保險公司聯絡了。」

咦！昨天我躲的是武藤的車嗎？

唉……唉呀！這邊就先裝死吧。況且玻璃是蕾姬射破的。

還有之前我和武藤吵架時，他騎 GYRO CANOPY 輾我的事情（註1），我還懷恨在心呢。

「——先別說那種小事了，遠山。你又在女性關係方面引爆醜聞了？」

不知火相當具有武偵風格，把亂射事件當成「那種小事」帶過，插嘴問說。

瞧他笑嘻嘻的，好像覺得很有趣一樣。瞧他事不管己的樣子。

「真的假的！該死，為啥啊！為什麼只有金次受歡迎！」

「別那麼大聲，武藤。現在是開學典禮。話說不知火，你怎麼知道？」

「說是我猜的比較對。剛才強襲科有劍道的晨練——神崎同學相當火爆呢。我就在想是不是和遠山你有關呢。」

神崎……亞莉亞大小姐相當火爆嗎？

光憑想像我就不寒而慄了。

1　GYRO CANOPY是一種有屋頂的摩托車，外形類似國外的披薩車。

附帶一提，晨練在普通學校是指**晨**間社團**練**習；在武偵高中則是指**晨**間戰鬥訓**練**。

「還有一部分是大家都在聊的話題。大家說今天早上——遠山你和狙擊科的蕾姬同學，從女生宿舍一起來學校上課。」

不知火摸著艾馬基的背，彷彿在示意牠是證明我和蕾姬有關係的物證一樣。

「——這次是蕾姬嗎！啊，不過還算可以理解。**陰沉男**和**沉默女**應該很合得來吧。可是金次，你又對危險的物件出手了。蕾姬有很多隱藏粉絲呢。你接下來會被人從四面八方盯上吧？你還真倒楣啊，金次。」

這點我同意。

現在我已經被蕾姬盯上了，槍口還會變多嗎？

武藤拍著我的背露出笑容。我沒辦法向他詳細說明自己和蕾姬之間的關係……黯然消沉了起來。

「……還有一個也是大家在聊的話題啦，神崎同學和蕾姬同學的感情很好，或許是因為她一次失去了朋友和戀人的關係，所以她在大鬧之後變得有點鬱悶。」

那是……什麼鬼啊。

你是想說蕾姬＝朋友，我＝戀人嗎？

「我說啊，我和亞莉亞根本不是那種——」

「這個季節，這種糾紛會很多呢。因為有『校外教學Ｉ』嘛。」

不知火用爽朗過頭的笑容說，制止了我這不知道是第幾次的辯解。

——校外教學I

這麼說來，的確有那種東西。

武偵高中在二年級，會舉辦兩次的校外教學。第一次就叫作「校外教學I」。

這在名目上只是普通的校外教學，其實活動本身的目的，是為了讓學生們在小隊編成上做最後的調整。

這是因為……武偵高中的學生升上二年級後，必須在九月底前組一支二到八人的小隊，向學校登記。

這種小隊制度意外地重要，登記完成的小隊還會登錄到國際武偵聯盟（IADA）的資料庫內。

一般來說，武偵將來會以該小隊來進行的活動……假設而後大家各奔東西，隊員也能超越所屬組織的框架，以小隊合作為第一優先順位——這點在國際武偵法中也有明確的規定。

「暑假中因為男女關係複雜化，而影響到小隊編成的案例屢見不鮮呢。會這樣是因為遠山你沒有整頓好身邊的關係。」

「關於這一點，我已經大致決定好要跟誰組隊了。我要組一支集合了車輛科和裝備科的後勤系小隊。裡面也有女生喔。不過是平賀文啦，跟女人味三個字完全搭不上邊。」

小隊沒有嚴密的劃分，不過大致上分成了強襲系、後勤系、通信系和混成系等各式各樣的種類，而各小隊之間會彼此合作。

以軍隊來說，就像是小隊集結成中隊的感覺。

所以這不像普通高中的分班一樣，只要找幾個好朋友來組隊就好，必須要思考出最優良的戰略性編制。

一言蔽之……小隊編成這種東西，相當耗費腦細胞。

特別是對朋友稀少的我而言，這是除了蕾姬的訂婚問題之外，另一個頭痛的大源頭。

「遠山你要組強襲系的隊伍吧？還是搜查系？」

「我還沒決定。前陣子我忙著湊學分，只好一直把這個問題往後延。」

「啊——啊！真糟糕呢。你下次穿這套衣服會是什麼樣子呢？」

不知火戳了我的黑領帶。

下次穿這套衣服，是指小隊登記時的拍照吧。

小隊登記時，照慣例成員會排成一列拍照……拍照時，必須再次穿上這套防彈制服・NERO。據說這是為了避免萬一犯人看到照片，而認出我們的國籍和出身學校之類的。

我去年看過學長的小隊照片……他們故意不看鏡頭，臉微妙地朝著旁邊或斜下方。那麼做也是為了不讓長相完全曝光吧。

這間學校真是有夠危險啊。連拍張照都要這麼小心謹慎。

開學典禮結束後——講堂前的道路上，C班的女生們配合著小伊娃（Little Eva）的名曲《The Locomotion》，開始樂隊遊行。

前方負責耍指揮棒的女孩們，頭戴羽毛帽、身穿遊行服裝——

飄！飄！骨碌骨碌！

飄動著短褶裙，轉動代替指揮棒的突擊步槍和狙擊槍，排成兩縱隊在禁止通行的車道上遊行。

武偵高中常會像警政署和自衛隊一樣，公開舉辦音樂或舞蹈的活動，以提高社會印象。這種活動大多是由女生擔綱演出——這似乎是校長的策略——五月的亞特希雅盃中，亞莉亞和白雪也跳過啦啦隊。

可是……這種活動不管何時看到，我都覺得很不喜歡。

對我來說這是一種眼不見為淨的東西，以爆發模式的層面來說。

定睛一看，步道上有一些鄰近的居民和媒體也來觀看。還有人拿著照相機，上頭裝了一個像火箭筒的望遠鏡頭，拼命在拍女生呢。老兄，你中了校長的計謀啦。她們的外表或許是可愛的女高中生，不過那些傢伙平常可是一群會拿正牌火箭筒亂射的危險人物啊。

我嘆了一口氣——

同時離開了現場，像是要逃離拿著德拉古諾夫狙擊槍，滴溜溜轉動的蕾姬……下半身的短裙一樣。

死艾馬基則緊跟在我身後。

話說，你從剛才開始幹麼一直整我啊。先是故意踩我的鞋子；然後我從講堂的男更衣室換好衣服走出來時，你還想小便在我身上對吧。

我在講堂穿的防彈制服・NERO是借來的，還能把它丟回還衣處裝死；現在穿的這套制服可是我自己的。要是用髒了我會扒你的皮。

（……蕾姬、艾馬基、小隊編成……全都很傷腦筋啊。）

除了這些心煩的事情以外，今天還是武偵高中的陋習：「潑水祭」的日子。

這也是一個頭痛的大源頭。

「潑水祭」原本是校長母校一個別出心裁的亂鬥祭典，主旨是「開學典禮當天學生可以對任何人潑水」。

那只是潑水所以很安全，然而不知為何到了武偵高中，規則就變成了：「只要是空手要找誰幹架都行」的真・亂鬥祭典。

（教務科也是，不要允許這種活動啦。實在是……）

我到最後真的開始頭痛了，於是決定到救護科大樓內的藥局一趟。

走大馬路恐怕會受到「潑水祭」的荼毒，所以走小路吧。

當我如此心想，逐漸遠離遊行聲時……

飄！

飄！

飄飄！

這是什麼……？

肥皂泡泡……？

狹窄的小路上，突然有泡泡飄到了我的眼前。

波！波波！接著有兩、三個泡泡在我眼前破掉。

「——你已經死三次了。」

下一秒，頭上傳來一個帶著奇怪口音的女性聲音。

我仰頭一望……發現有一個小不點倒掛在建築物的排水管上。

……這傢伙是誰啊？

「JAPAN的武偵高中，也沒什麼了不起嘛。你也一樣毫無防備。」

女孩身穿奇裝異服，有如古早電影《靈幻道士》中，殭屍穿的那種中國清朝民俗服裝——的改良版。

連同說話的方式來看，她八成是剛才在講堂的香港武偵高中留學生。

「……有何貴幹？」

我心情不悅，朝上瞪著她。她手拿葫蘆，靈巧地不知在喝什麼。

「嘻嘻！」

嬌小的女孩尖銳一笑，以輕快如馬戲團的動作，降落到小路上。

咻！

她左右兩旁用緞帶束起的黑色**雙馬尾**，追隨身體的動作在空中飛舞。

「我，名字，叫昭昭（Cao Cao）。你也報上名啊。」

——對方的身高約140公分左右吧，是一個小女孩。

她的眼角化了紅妝，讓原本上翹的雙眼更加銳利。

嬌小可愛的外表，會讓部分的男性流下口水滿心歡喜……不過……

總覺得……她好像某人啊。應該是巧合吧。

「我叫遠山金次。」

對方都報上名了，我也姑且說出自己的姓名。

我可不想因為自己的原故，害對方以為日本人沒禮貌。

「唉呀！唉呀呀呀呀！」

這位名叫昭昭的女孩，擺出誇張的動作仰天長嘆。

搞屁啊。我的名子怎麼了嗎？

話說從剛才開始，妳就一直想找我打架是嗎？

「……喂！妳。好像有酒味喔。小鬼不要喝那種東西。」

我指著葫蘆叮嚀完，昭昭便杏眼圓睜。

「——我不是小鬼！昭昭昨天滿十四歲了！」

她噗哈一聲又吐出了帶著酒味的氣息，怒吼說。

她喝醉了呢。畢竟在中國喝酒是沒有年齡限制的。

話說……這一來一往的對話，我好像也有既視感喔。

「沒辦法，讓我試試你的身手吧。你離開公主身邊，馬上就有苦頭吃了。」

她步伐蹣跚，動作似乎快跌倒……接著一個側手翻，啪！

冷不防撲了過來！

——連同這個反應——

都跟我初次遇見**亞莉亞**的時候一模一樣嗎！真是倒楣啊！

「——！」

昭昭的腳，往我反射性伸出的手纏了過來。

什、什麼！這不規則的動作，簡直就像醉鬼一樣——

我反擊想把她推開，但沒抓準時間。

昭昭像蛇一樣爬過我的前方，身體一轉緊貼到我的背上。

接著，她用繩子從左右兩旁纏住我的頸部……！不對，纏住我的東西是雙馬尾。

「嘻嘻！」

昭昭在我耳邊一笑，連雙手都纏上來了。

吱吱……吱！

——嗚！脖子——

我被她勒住了。這是柔道中的裸絞。

（這、這種絞技……有可能嗎……！）

裸絞是一旦成功，就絕對無法徒手解開的徒手技巧之一。

而且她的招式還不合常規。現在她連手帶髮就像在玩翻花繩，用複雜的形狀勒住了我。

這個混帳，明明是個留學生——是從哪裡聽到「潑水祭」的事情啊？

「嘻嘻！怎麼，無計可施了嗎？無計可施的男人沒有用。要殺掉。」

「殺……掉？」

我冒出冷汗，設法擠出聲音。

別看我這樣，我好歹也是武偵。如果每次有人威脅要殺死我，我就可以拿到一百日幣的話，我現在已經蓋豪宅了。

不過，我看這次不是普通的威脅……！

（她、她是玩真的！）

——事到如今，我才確切感受到危機感。

這是比「潑水祭」的規則還要更嚴重的問題。

我焦躁萬分，伸手想拔出貝瑞塔——這時我才總算注意到，自己連雙手都被少女的雙腳巧妙地壓制住。

「——！」

亞魯・卡達的技術，只能在打擊戰的距離下使用。

對手如果像這樣完全貼近，對你使出角力戰時——手臂有可能會被對方按住，或是被關節技制伏，造成無法用槍的情況。

這跟之前距離**太遠**子彈射不到的蕾姬相反；而是距離**太近**，手槍被無力化。

（真、真的……不妙了……！）

我意識逐漸模糊。

此時，這位和亞莉亞相似的女孩黏在我身上的感覺，和一種快被勒死的感覺交錯，撲通！我的體內……出現了異常的悸動。

（這、這是……！）

這種感覺和平常不一樣，不過八成是爆發模式。

而且還是大哥說過的，瀕臨死亡的爆發模式。

垂死爆發。

（現、現在的我……！被逼到這種地步了嗎！）

不過我的王牌在最後一刻覺醒，實屬幸運。

我至今驚慌失措的腦袋中，鮮明地浮現出在強襲科學過的反裸絞技巧。

該把昭昭往牆上撞？還是咬她的手臂？當我正在思考能脫身，又**最不會傷害到她**的方法時——

慘了……這招不、不一樣。

我爆發模式下的腦袋，告訴我事態比我預期的還要嚴重。

這不是裸絞那種**簡單**的招式。

「嘻嘻！雙蛇刎頸崩！」

……喀嚓……喀嚓……！

（頸、頸椎……！）

她想，挫開，我的頸骨！

我的頸部內側發出異常聲響，意識逐漸遠離。

我的視界忽明忽滅，雙眼看不見了。

——反應太慢了。我根本沒有閒工夫對女性手下留情。

連爆發模式，也無力……回、天……！

快、快昏迷了……！

——嗚汪！

隨著一陣吠叫聲，啪！

昭昭一口氣鬆開了手臂和頭髮。

我往前撲倒，抬起頭來。

艾馬基在我眼前，一副準備要衝上來咬昭昭的模樣，背部和尾巴的毛倒豎，發出了吼叫聲。

我的脖子……沒有被挫開。千鈞一髮啊。不過現在還是頭昏眼花。

——刷！刷！

昭昭身輕如燕，後空翻退到了小路的另一頭。

「公主養的狗，看來你比較有利用價值。」

隨後，她翻眼皮吐舌頭。

對我們做了一個鬼臉。

「我是『萬武』昭昭——『萬能的武人』。金次，零分。」

昭昭說完揮手道別，

「你，補考。之後再算一次分數。再見。」

語畢，便消失在轉角處。

我只有呆若木雞——目送她離開的份。

打、打從昨天開始……現在是怎樣。

倒楣的日子拜託一天就結束吧。

我被蕾姬狙擊之後，現在又敗在留學生攔路魔的手上……這樣我不就是二連敗了嗎。

武偵高中裡頭，學生之間動刀動槍是家常便飯，殺人未遂會被當成小事輕易帶過，這是一個可悲的現實。

話說，如果跟老師說：「我在路上差點死在留學生手上。」的話，最後的下場恐怕是被老師踹倒在地上說：「有人殺你你就殺回去！」

況且，這種狀況在武偵高中的用語稱為「折下」——打架輸給低年級生，是一種極度可恥的敗北。

況且對方是國中生，而且還是體力生來劣於男性的女子。再加上又是空手格鬥吞敗仗的話，那更是恥上加恥。用麻將比喻的話，就是三種可恥湊成的滿台狀態。

校內的評價我是沒差，可是萬一這件事被拿來瞎起鬨，我就會變成大家的笑柄。

現在我只能把這件事情放在心裡，當作它沒發生過了。

不過——

（昭昭的格鬥資質……和亞莉亞一樣，甚至在她之上啊……）

我聽說中國培育強襲型武偵的課程和日本大相逕庭。

——那邊的武偵高中如果在個人身上發現某種資質，就會對此進行磨練。手槍資質就是手槍。小刀資質就是小刀。不會再教第二種。他們似乎是藉此培育出，在各種不同的領域上登峰造極的菁英。

換句話說，她是從幼時開始就只接受格鬥技訓練的專家吧。

（這傢伙雖然不是中國人……不過可能也受過相同的訓練吧。）

我心想，瞄了身旁的蕾姬一眼。她在遊行結束後，已經換回了水手服。

爆發模式已經完全解除的我，目前在台場的街道上閒晃。

問我為何會來這裡？我是來吃飯的。

我剛才去了學生食堂，打算暴飲暴食來消除一連串的壓力時，結果這次換一群奇怪的男生把我團團包圍。

那群傢伙似乎把蕾姬當成女神一樣崇拜，嘴裡說著：「請把蕾姬女神的日常生活告訴我！」「她的睡臉很可愛嗎？」「話說你仆街去吧！」突然把我擠成了沙丁魚罐頭。

簡單來說，就跟武藤剛才警告過的一樣，他們按照潑水祭的規則修理了我。

我不是被他們勒住脖子——今天第二次——就是手腳被扭向不自然的方向。而蕾姬則背著德拉古諾夫，站在一旁袖手旁觀無視於我。艾馬基也一樣，用後腳搔著耳後，還打了個哈欠。我真的要哭囉？

其他的吃飯地點——便利商店和家庭餐廳，也有蕾姬教的信徒站崗，所以我才會放棄在學園島用餐……遠征到台場來。

唉呀……今天是開學典禮也不用上課。

拜初秋的季節象徵——一個逼近日本的颱風所賜，今天的風勢有點強勁，天氣也很不錯。像這樣漫步在街上，還能順便散散心呢。

不過……

「…………」

蕾姬大小姐今天沒說幾句話呢。昨天明明還挺健談的。

話說，她在那之後看起來好像不太高興呢。不過因為她面無表情，我也不是很清楚。

我走在路上，一邊觀察著狙擊少女的模樣……

咻！

突然一陣風吹過我的腳邊——

讓蕾姬深紅色的短襯裙，出現了危險地飄動。

「……！」

可是蕾姬毫不在乎。

她對風沒有採任何的防禦，因此白皙大腿的美麗線條——以及用魔鬼氈黏在軍用細繩上的刺刀，瞬間暴露在陽光下。

兩者之上的地方千鈞一髮，差點露了出來。

「喂、喂！蕾姬……注意妳的腳邊。」

但我還是提醒了這位沒有安裝羞恥程式的機器人少女。

蕾姬的眼神彷彿在找地雷，瞄了自己的腳邊一眼後……

「……？」

抬頭望著我。

似乎不知道我在提醒她什麼。

她這樣不行啊……真的要快點想個辦法才行。

我怕外頭再颳起強風，於是跑進了AQUA CITY台場後，

「艾馬基，坐下。在這邊等。」

蕾姬便命令艾馬基在自動門旁邊等候。

這樣好嗎。把一頭狼放在那種地方。

「……」

我不悅地看著快步跟進店內的蕾姬。

現在我身邊有許多問題，但眼前最大的問題，就是蕾姬的狙擊拘禁吧。

要從這一點開始解決，否則沒辦法處理其他問題。

（……「利馬症候群」嗎……）

讓蕾姬釋放我的最後王牌——「利馬症候群」。

要成功利用這點有一個先決條件，就是必須和蕾姬構築人際關係。

不過事到如今有一個問題，對方必須是人類才能談人際關係。

換句話說，我首先必須把這位機器人蕾姬**人類化**。

不論怎麼想，這都是一個難題啊。

我甚至不知道該從何處下手。

可是也只能硬著頭皮上了。

要是不採取行動，我會落得要和蕾姬共度一生的下場。

不管是什麼荒唐無稽的方法，我都要盡力一試。執行蕾姬的**人類化計畫**。

我只要能填飽肚子都好，所以來到五樓的美食區後，

「蕾姬，妳有想吃的東西嗎？」

我問道。

反正她八成會說：「吃什麼都好。」

「吃什麼都好。」

你看吧。

嗯，到這裡還在我的預料之中。

「那我們吃拉麵吧。這邊有一家叫新都城的店很好吃。」

英文的Company一詞帶有公司、朋友和交友之意，如同這個詞的語源是『共同吃麵包』一樣，共同進餐對構築人際關係很有幫助。（註2）

順利的話，我們可以靠吃飯拉近彼此的關係，進而找出解決問題的方法。

於是我帶著蕾姬——

進到台場最美味的拉麵餐廳——人聲鼎沸的新都城。

我在小桌子和蕾姬面面而坐，

「今天我請客。」

先說了這句話想討她歡心，接著菜單連開都沒開，

「我要一碗叉燒麵。請給她店內最貴的拉麵。」

便對著前來招呼的服務生點菜說。這裡我來過好幾次，菜單都記在腦中了。

2　Company一詞可分解為Com-pan-y。Com有共通之意，pan是指麵包。y則是指人們。

我的皮包裡還有三千塊日幣，預算上應該不打緊吧。

……我瞄了一眼，觀察蕾姬的反應，

「………」

發現她就像裝飾品一樣，坐在我前面動也不動。

她的身體直直向前方，視線微妙地朝著斜下方……她看的不是我，也不是菜單，而是空無一物的地方。可怕！那眼神真的跟人偶沒兩樣。

話說，妳在拉麵店至少也把耳機拿下來吧。

（不過……蕾姬不適合這種熱鬧的店呢。她整個人顯眼到不行。）

是我帶她來的就是了。

我支頤而坐……無所事事地看著窗外的東京灣。

船隻在藍海上做出了幾道白色的航跡，而空地島的方向有一塊歌劇《綠野仙蹤》的看板，海鷗在上頭翩翩飛舞。

這種景象真棒啊。好悠閒。

如果是《綠野仙蹤》的話，那蕾姬的角色就是沒有心臟的稻草人吧——我想著這些無關緊要的東西，一邊發呆。

「………」

「………」

我倆一語不發，只是等著料理上桌。

我在武偵活動中被迫要和女生組隊……的時候——常常像這樣不發一語。

因為我和女生沒話題聊嘛。

（……那種沉默，還挺累人的。）

眼前這位也是女性沒錯——不過她是蕾姬。

擺在眼前就像一尊稻草人，不用多加顧慮。

從這層意思來看，蕾姬對我來說……或許是極少數處得來的女性之一。

這和個性上比較像男生的亞莉亞相比，又是另一種不同的意思。

聊天對構築人際關係來說是很重要，不過有一句話叫心急誤事。況且在這種公共場所，如果她又和我聊烏魯斯或病毒之類的妄想話題，我也會很困擾。（註3）

眼下就讓眼前的大海和藍天，來治癒我可憐的心靈吧。

「——讓您久等了！」

此時，我聽到一個耳熟的聲音和語調，拖著臉頰的手整個從桌上滑落。

我急忙抬起頭一看——

「風、風魔。」

出現在眼前的是諜報科一年級的風魔陽菜。

3　日文中，烏魯斯（ウルス）和病毒（ウイルス）只差一個字。

這位學妹穿著附有圍裙的女侍服，端著放在托盆上的拉麵走了過來。

這傢伙。沒參加開學典禮原來是在這邊修行嗎？

「師父，我把你點的東西送上來了喔。來來，請！」

風魔笑容滿面，把叉燒麵放到我面前。

……這是怎樣。碗中的叉燒切成了卍字型。妳以為是手裏劍嗎。雞婆到家。這樣面積不就比平常還小了嗎。

風魔自以為做了很酷的事情，露出了「師父，請誇獎我」的表情。「喔喔，風魔好厲害，妳是一個了不起的忍者！」妳以為我會這麼說嗎？

看我把妳當成空氣。

我一臉不爽地扯開衛生筷，眼前——咚！

風魔把一碗有重量感的拉麵放到了桌上，馬尾輕飄而起。

「這……這是，什麼東西……」

滿滿一缸用罈子裝的……拉麵！罈口大到能輕鬆放入一顆人頭。

「這是蕾姬殿下點的，本店最高級的——超壺麵。」

「……喂！這不是人類吃得完的量吧！連大象都會吃剩下來！而且菜單上沒有這種東西！」

「——沒錯。這是本月最新的料理。」

じゃ——ん

風魔把菜單翻開，上頭夾著一片全新的厚紙板，如此寫著：

『新料理：超壺麵！　五千日幣　＊若能在三十分鐘內吃完，免費！』

五……五千日幣！

這……這樣的話，我會超出預算，變成吃霸王餐的啊！

「等一下。我現在手邊只有三千……」

我話還沒說完，風魔便無視於我，對蕾姬露出黑暗笑容——彷彿展現了忍者本性說：「哼哼哼……我跟師父當了四年的知己，妳居然敢搶在我前面，和師父親密地共享兵糧——我就在這邊先挫挫妳的銳氣！三十分鐘，現在準備計時！預備開始！」

她甩動了馬尾——本人自稱是武士頭——按下了馬錶。

「……！」

我轉頭看蕾姬的方向。她幾乎被鐔子遮蔽在後。

此時，蕾姬她……

「……」

啪嚓！拉開了衛生筷。

妳、妳要吃嗎？打算挑戰……超壺麵這個巨大的敵人嗎？

話說，我好像看到了錯覺，蕾姬的眼睛似乎閃了一下。

「……」蕾姬用筷子夾起一條麵後……

啊姆！一口咬住了麵的前端。

接著，速速速……速速速……吃了起來。只吃麵條。

接著又啊姆！

速速速速……

啊姆！速速速速……

她一條一條不停吃著。

「………」

蕾姬在我的注視下，以獨特的吃法不停將麵條吸入口中。

好、好猛。她一條接著一條，沒有間斷過。

原來拉麵可以用這麼小的動作吃啊！

如此這般之際──

蕾姬已經把所有的麵條吃下肚了。

時間才過了五分鐘。

「………」蕾姬緊接著──

夾！吃！

用筷子夾起配料的小蝦子，一口吃掉。

接著，夾！吃！吃！吃掉了鵪鶉蛋。

夾吃！夾吃！夾吃！

木耳、墨魚、香菇……塞滿罈內的配料，也被她一個個吃下肚。一樣是毫無間斷。

「不……不……不是吧……？」風魔愕然地看著馬錶。

她會驚訝也不奇怪。

時間……才剛過十分鐘，放在蕾姬前方的巨大罈子中……已經看不見麵條和配料。

風魔是親眼看見蕾姬吃麵的樣子，自然無法懷疑她在作弊。

嗚……蕾姬從兩側抱起罈子，因為太重而低鳴了一聲。我看她舉不起來，於是幫她一起把罈子舉起後……

蕾姬把櫻桃小口，確實貼在罈緣上……

咕嚕！咕嚕……咕嚕！

開始……喝起湯汁了……！

咕嚕……咕嚕！

妳、妳不要緊吧。不會突然翹辮子吧。吃霸王餐雖然會讓我留下前科，不過要是把妳的小命放在天秤上比較，還是妳的命略勝一籌，所以千萬不要勉強啊。

我暗自擔心。

蕾姬不顧於我，把湯汁……也清空了……！

她把連相撲選手也會苦戰的巨大罈裝拉麵，一掃而空了。

「——照我的感覺來看，從風魔同學開始計時，到現在過了十分四十七秒。」

蕾姬說話的同時把鐔子放回桌上，泰然自若的表情一如往常。

太……太強啦……

沒想到原來妳是一個大胃王啊。

不對，這已經不是大胃王的水準了。妳胃裡有養黑洞嗎。

「……啊……啊啊……！」風魔看看馬錶，又看看鐔子，發出了有點秀斗的聲音。

接著身穿女侍服的她，骨頭酥軟，當場一屁股坐了下來。

「這……這是夢……這是……一場惡夢……！」

……我明白妳的心情，風魔。

妳現在才一年級，還看不慣這種超常的景象吧。

不過只要妳就讀武偵高中一天，遲早會遇見像弗拉德或夏洛克之類的超人吧。妳要像這樣，親眼見識一下怪異現象來鍛鍊自己，免得到時候沒有心理準備而驚慌失措。

我在心中呢喃了一些像學長會說的話……

一邊為自己不用背負前科，而放下了心中……應該說是錢包上的大石頭。

有一句話叫武偵三倍刑。

這是一種極端的表現，簡單來說武偵如果犯罪，罪刑會比平常人還要嚴苛……如果我剛才吃了霸王餐，賠償金額就會變成飯錢的三倍。真是好險啊。

我在千鈞一髮之際免除了重罪，而光從結果來看，蕾姬的伙食費算是省下來了，所以我決定買魚肉香腸給艾馬基吃。

艾馬基乖乖地在 AQUA CITY 前等待，我撥開香腸的塑膠模拿給牠後……

喔喔。牠尾巴一個勁地猛搖，開始大快朵頤了起來。

牠看起來相當興奮。魚肉香腸是牠最喜歡吃的東西嗎。這算是一個小小的發現呢。

接著，我和蕾姬坐單軌電車回學園島，下車到月台上時，周圍正吹著強風。蕾姬很不可思議，吃完超壺麵後體型卻完全沒變。

附帶一提，武偵廳登錄有案的武偵犬，得以乘坐鐵路、巴士等大眾交通工具。狼是怎麼樣我就不清楚了。

無人的月台上，

蕾姬的裙子又被風兒吹動，使我慌忙避開了視線。

妳……用手壓一下，或是把身體轉到安全的方向去啦。因為妳是一個女生。

這位機器人少女沒有人類化的跡象，從爆發模式的角度來看她很危險，所以我讓她走在前方……

當我們以蕾姬、我和艾馬基的隊列走下樓梯時，

蕾姬突然停下了腳步。

她的視線，看著前方一個身影。那個身影正要走上我們這座樓梯的平台。

「嗚……？」

我差點撞上蕾姬的背，想跟著緊急剎車時——咚！

艾馬基從後面撞上我的膝蓋，使我的腳彎了下來。

這就是所謂的連環車禍。

「……嗚喔……」

蕾姬在樓梯上回頭，我無法停下腳步，不得已只好推著她走下樓。

她被我推著，背朝前方下了樓梯……

咚一聲，撞上了樓梯平台的牆壁。

最後，我和蕾姬在牆邊擠成了一團。

蕾姬立刻用雙手按住我胸口，以免我的頭撞上牆壁。

多虧如此，我的臉停在蕾姬的頭上，沒有和牆壁對撞。

……好險。

當我放下心來，吸了口氣時——

一股薄荷香味竄入我的鼻腔深處，讓我瞠目而視。那是蕾姬的體香。

「——！」

現、現在這個姿勢……

也、也太糟糕了吧!?

……我和蕾姬的身高，差了一個頭。

所以我的臉，整個埋進了蕾姬的秀髮當中——

我慌忙抬起頭，蕾姬突然在超近距離下，仰頭用杏眼望著我，似乎想確認我平安無事。

「……!」

而且我的手——

剛才情急之下想避免蕾姬跌倒，像在擁抱一樣抓住了她纖細的雙肩。

所以蕾姬的姿勢有些僵硬……

這、這樣……不就好像……

趁著四下無人，在車站暗處你儂我儂的情侶嗎!

而且好像是我硬抓住蕾姬，想要對她不軌一樣……!

如果我抓的人是亞莉亞，她大概會一腳把我踢飛，讓我沿著樓梯滾回上面的月台；

可是蕾姬卻毫無抵抗，任憑我抱著。

我雙手握住了蕾姬嬌小纖細的柔軟香肩。

她的臉蛋在極近距離下，美麗如雕刻一般。

我的嘴巴前方幾公分處，她那粉紅色的嘴唇——

（……爆發、模式……！）

我腦中閃過這句話，立刻確認了自己的血液流向。

沒問題，嗎……？這、這應該會完蛋吧……！

奇、奇怪……？沒問題呢。

太好了。不知道為什麼，看來我安全過關了。

我凝視著蕾姬，暗自感到安心的瞬間……

……啪搭！

有某樣東西掉在樓梯平台上。

就在我左方五公尺遠的地方。

我的視線往聲音源頭——往下的樓梯一看……

有一份可麗餅，

……掉在地上呢。

那份可麗餅中，有奶油和……我往吃到一半的地方看去，發現裡頭還包著一顆塞有豆沙餡的白色甜包子。是桃子形狀的。

換句話說，那是小顆的**桃饅**吧。

桃饅可麗餅嗎？

世界上的可麗餅種類還真多啊。

會吃這種沒品口味的人，八成愛死桃饅了吧。

——肯定是吧——

肯定個頭啊！我！

「——！」

我的臉色瞬間慘白，輕輕地……把視線……

從弄掉桃饅可麗餅的人物腳邊，沿著運動鞋……穿著黑色襪的、細腳……慢慢地往上看……最後出現在我眼前的是……

「…………！」

神崎・H・亞莉亞！她維持著剛才邊走邊吃的姿勢，整個人石化了。

亞莉亞原本斗大的雙眼瞪得像銅鈴一樣，清楚目擊到我把蕾姬按在牆邊抱住的樣子。

這在亞莉亞眼中，似乎是一個會讓大腦陷入記憶體不足而當機的「震撼光景」，讓她整個人變成了一尊石像。

「…………！」

而石化的我也一樣。

為何——會被亞莉亞目擊到這一幕呢？我真不愧是大家公認的倒楣鬼。

亞莉亞、我和從頭到尾都不動的蕾姬。

我們三人就像靜止畫一樣，維持原姿勢不發一語時——

「可是可是啊，那個在亞魯・卡達戰中，能夠和亞莉亞勢均力敵的JC真的存在嗎？」

有一個身影嘴角沾滿奶油，邊說話邊吃著滿是草莓的可麗餅，從樓梯走了上來。她是偵探科的峰理子。

隨後——她注意到我和蕾姬，

「嗚喔喔喔喔啊姆啊姆喔——!?」

她大吃一驚，綁著兩條小馬尾的蓬鬆頭髮整個飛了起來。

……剛才她一邊驚訝，一邊用雙手把剩下的可麗餅塞進了嘴巴裡。

真是一個貪吃的傢伙。

「厲、厲害喔，欽欽！蕾Q是要玩第二次才能攻略的超高難度角色耶！你已經要親下去了！噗咻！咚！咚！」

理子興奮不已，把手伸進了制服內，然後在衣服下做出揮拳的動作。這是哪一招啊。

話說，蕾Q是指蕾姬嗎。這傢伙還是一樣很熱衷地在幫人取綽號呢，我如此心想，因為理子在旁邊亂——應該說多虧有她緩和了氣氛，我的情緒才鬆懈了下來。

當我注意到自己不再僵硬時，咚！啪搭！

胡跳亂鬧的理子，咚一聲撞到了亞莉亞，兩人當場摔了個雙腳朝天。

這時亞莉亞的定身咒終於解除，猛然起身——

神情如惡鬼般，朝我瞪了過來！

媽、媽啊！

「亞莉————！」

「你就算了!!」

亞莉亞齜牙裂嘴，像要爆炸一樣雙手下揮。

我、我的話被她打斷了。

她連亞莉亞這三個字都不讓我說完。

「你、你你、你就算了！笨蛋金次是這種人我早就知道了！是啊是啊！你、你啊！最、最喜歡那種溫、溫順的美女了！像白、白——白、白雪之類的！」

——為、為啥這邊會扯到白雪啊!?

我正想抗議時，亞莉亞的視線就從我身上離開，低頭看著自己的腳邊——

「這種傢伙，這種傢伙，這種傢伙我怎麼會……！」……支支吾吾……「——都是我的錯！所以你就算了！閉上嘴！」

中間有一段話，她嚼了嚼又吞了回去。接著，朝我猛然一瞪！

又讓我中了定身咒。

「這不重要——蕾姬！」

刷！

亞莉亞露出犬齒，指著蕾姬說。

「妳……好大的膽子……我在校內網路上看到了！妳居然問都沒問我一聲……就要和金次申請組兩人小隊……！」

什、什麼……!?

蕾姬已經提出申請……要和我組兩人小隊？

這我可沒聽說喔。

「——妳這是『搶別人的夥伴』！是要被開洞的犯規行為！」

聽到亞莉亞憤怒至極的聲音——

蕾姬卻沒有反駁。

武偵高中的「小隊登記」一般規定是在九月下旬——校外教學後提出申請；不過實際上，學生們早在那之前，就會三五成群來行動。

因此……特別是對我和亞莉亞這種、長久以來一直並肩作戰的人來說，其他人不能擅自把我們其中一方登記為自己的小隊成員。這一點是不成文的禁忌。

看來……蕾姬似乎犯了禁忌。

「金次和妳的戀、戀愛什麼的，那種東西……我——都、都無所謂！真的、真的、真——的都無所謂！是真的!?所以我不知道你們是什麼關係！不知道不知道！這不關我的事！可是——我不能原諒妳搶走我的夥伴！金次是我調教的！」

還調教勒。

拜託妳別用那種說法啦……理子在旁邊聽到眼睛都亮了。

不被允許發言的我莫可奈何，只能在心中抗辯。

「亞莉亞同學——」

這時，我身旁的蕾姬用平淡的聲音說。

然而，她的語氣卻有一種莫名的強硬感。

「——妳是金次同學的什麼人？」

啊……

這種說法……感覺很糟糕喔。

不知為何此話一出，周圍便開始飄出一種「宣戰」的氣息。

「什、什、什……什、什麼什麼人？……就、就是那個……！」

我不知道亞莉亞怎麼解讀蕾姬的問題，只見她用猛烈發抖的手指著我。

「又、又沒什麼，他和我只是那個，普、普通的夥伴——笨蛋！」

喂，亞莉亞。

妳太亢奮了，我開始搞不清楚妳在說什麼了。而且眼神還不停游移打轉。不過我知道她想說「金次是笨蛋」啦。

「——我是他的未婚妻。」

蕾姬泰然自若地回嘴完，

「呼喔喔！」

理子發出了夾雜著鼻息的驚呼聲。

亞莉亞則像肚臍被一把長槍刺中，身體猛然往前一折。

「兩……兩個高中生居然訂婚……」

滋滋！滋滋滋！

亞莉亞把頭擺到一旁，抬起了上半身。眼神之中……似乎帶著某種暗示。

「那種……只是兒戲……罷了！」

妳、妳感覺好拼命啊，亞莉亞。

雖然我完全搞不懂妳在拼命個什麼勁。

「——不是兒戲。我是認真的。亞莉亞同學。從今以後，請妳不要再靠近金次同學。他以後……也會像昨天一樣住在我房間，然後白天會盡量待在我身邊，晚上也會跟我一起睡覺。」

「我是認真的」「像昨晚上住在我房間」「一起睡覺」當蕾姬劈里啪啦說出這串話時，亞莉亞一一擺出了「啊哇！」「不要」「別再說了」的表情。

話說蕾姬……妳不要用那種有語病的說話方式啦！

妳看亞莉亞完全想歪了，整張臉像火紅的鐵塊一樣！

「我知道你們彼此信賴對方。」

蕾姬接著說，感覺像是在乘勝追擊。

「——可是，**你們沒在談戀愛**。」

「戀、戀、戀戀戀——!?」

亞莉亞的聲音像雞叫，說不出「愛」字。（註4）

不對，不用說沒關係。不准說。

要是對蕾姬的妄想發言一個個做出反應，那可就沒完沒了。

「戀、戀戀戀戀——金次！」

亞莉亞硬是無視蕾姬剛才的話，凶神惡煞地朝我瞪了過來。

「你、你打算怎樣！要和蕾姬組隊嗎!?你是這樣想的嗎!?」

她不讓我發言，又叫我笨蛋，還顯露出平常像小鬼一樣的暴躁脾氣。

到了這裡，因為蕾姬、小隊和攔路魔而累積的壓力，終於讓我哼地扭動了嘴巴。

不……

不對。其實不是因為那些原故吧。

4 日文的戀愛一詞（こい），第一個字剛好像雞叫聲。

「——那種事情和妳無關吧。」

我在說什麼——

這種話只會火上加油。

「基本上，我明年就要離開武偵高中了。什麼小隊和夥伴，都無所謂啦。而且反正妳——」

香苗女士的審判結束後，就要回倫敦了吧。

我說到一半，決定不在理子和蕾姬面前說出這句話。

應該說……

亞莉亞會離開的事情——

我不想說出口。

我不知道為什麼，也不想知道。

「亞莉亞。假設我和妳組隊了又怎麼樣？那種小隊很快就會七零八落。太莫名其妙了吧。」

「不對！就算七零八落，小隊還是小隊！只要向國際武偵聯盟登記，就可以無限制地彼此幫助，而且就算解散了，還會留下曾經是同伴的證明——」

「那種東西不用留下來！」

我不禁大吼說。

亞莉亞。

反正妳遲早都會從我身邊離開——

我可不會陪妳玩那種「製造回憶」的遊戲。

妳有了回憶或許可以毫無顧慮地回國，可是東京和倫敦的位置是在地球的正反面。

我們根本無法互相幫助。

妳會從我的眼前離開。

既然會離開，就把關係斷得一乾二淨吧。

「已經無所謂了吧。跟妳一起戰鬥也已經是過去的事情。已經——」

我話才說到一半就吞了回去。

因為亞莉亞——

踏響了腳步聲，朝我走來。

「〰〰〰〰〰〰！」

我不順亞莉亞的意，似乎讓她的憤怒測量器破表了——

她一時語塞，像小孩子一樣想訴諸暴力。

我的身體反射性一退，正當亞莉亞要抓住我時，

蕾姬刷一聲，闖入我們中間。

——啪！

「——！」

亞莉亞、理子和我，全都瞪大了雙眼。

因為蕾姬——

打了亞莉亞一巴掌。

——咚！

亞莉亞冷不防受到回擊——

整個人往後一退，撞上了此時**看向身後**的理子，啪搭！

一屁股跪坐在地。

「……金次同學。請退後。危險。」

蕾姬的口氣和平常一樣，往前站了出來。

「………！」

挨了一個巴掌的亞莉亞，被自己認為是朋友的蕾姬搶走夥伴，還被當成了危險人物……她放下了原本按住臉頰的手——

「……一切都無所謂了。」

把眼睛藏在瀏海形成的陰影下……

搖晃起身。

「蕾姬……真是太好了，今天是『潑水祭』。我就用巴流術跟妳打一場吧。」

亞莉亞雙手擺出上段架式。

如此具有攻擊性的姿勢，如一頭威嚇人的老虎。

這、這傢伙真的要動手。

「而且，剛才我遇到一個留學生的攔路魔破壞規定，用亞魯・卡達跟我挑戰——結果我沒能贏她，讓她逃走了……現在我剛好一肚子火……！」

亞莉亞瞪著蕾姬說完，我兩眼圓睜。

用亞魯・卡達能和亞莉亞匹敵的留學生**攔路魔**——？

「亞、亞莉亞……那個留學生是不是說她叫什麼『萬能的武人』……然後該怎麼說呢，是不是長得和妳很像？」

我想起剛才差點殺死自己的昭昭，連忙一問——

「你閉嘴！而且我不是那種矮子！」

——她的說法並沒有否定。

亞莉亞也遇襲了嗎。被那個香港留學生昭昭。

話說……她不光是格鬥戰，連手槍戰也能和亞莉亞不相上下嗎？

這、這實在是難以置信。

「——理子，後面拜託妳了。」

亞莉亞抬頭，對貼在自己身後的理子說。

我定睛一看，艾馬基不知何時已經繞到樓梯平台的另一頭——

和蕾姬一起夾擊了雙劍雙槍的兩人——亞莉亞和理子。

原來如此。理子剛才注意到這一點，所以才會轉頭看後面嗎。

理子看著眼前發出低吼聲的艾馬基，

「——嗯呵呵！理子是愛貓派啦，不過我也喜歡狗喔。」

她半轉身體，臉上好戰的笑容有如典型的戰鬥狂。

今天是潑水祭，所以理子也沒拔槍。

她要徒手格鬥嗎？這麼說來，我還是第一次看到呢。

「嗯呵！」

理子愉悅一笑，擺出右拳上段、左拳下段的架式。

接著，大幅張開成直角的雙腳膝蓋，磅！

對艾馬基踏響了左腳，以示威嚇。

那是——中國拳法。真叫人意外啊。

而且還是香港電影中，大家耳濡目染的八卦掌。

此拳法的門派眾多，且招式的變化極其多端。

「……」

蕾姬不改風格，站在原地對亞莉亞的恫嚇毫不畏懼。

真是好膽識啊。

(可是……)

我皺起眉頭。

蕾姬她……沒擺出架式。

只是盯著亞莉亞看。

「………」

亞莉亞蹬地飛撲，身形有如一頭活生生的猛虎。

蕾姬毫無抵抗，啪搭！

如同一朵被攀折的花朵，三兩下就被壓倒在地。甚至沒有用護身倒法。

吼！

艾馬基衝上前想護主——不過尾巴卻被理子抓住。

「啊哈哈！蕾Q！這隻狗狗理子要了！拿來當大毛毯！」

理子緊接著一個低空旋踢，掃倒艾馬基的後腳。

當艾馬基趴地轉頭的瞬間，啪！

理子的右手水平大轉一圈，一鼓作氣用手背掃倒牠的前腳，令牠當場趴下。

接著她縱身一躍，騎到艾馬基背上壓住牠，封住了牠的動作。

「……！」

另一方面，亞莉亞則騎在仰倒的蕾姬腹部上——

看到蕾姬毫無抵抗——應該說無法抵抗的身影，雙眼驚訝圓睜。

對此我也感到訝異。

（……蕾姬不會徒手格鬥……!?）

蕾姬不是「不擺架式」。

而是「不知道」架式為何物。

狙擊手基本上是遠距離戰鬥的專家。

不會和敵人短兵相接。

所以格鬥技不是狙擊科的必修項目，蕾姬的動作完全是一個外行人。

「住手，亞莉亞！妳這樣只是在欺負弱小吧！」

我在一旁嘶吼。

亞莉亞看著輕易就被壓倒在地、如普通女高中生的蕾姬……沒有揮下舉起的拳頭。

她咬牙切齒，彷彿心頭的怒火無處宣洩。

「～～～！」

她打不下手。因為蕾姬太弱了。不對，不光是這樣。

亞莉亞不想打蕾姬。因為她把蕾姬當成朋友。

亞莉亞和喜歡獨處的我不同，因為一些其他的原因而交友不順。

她唯我獨尊的個性也有關係；不過主要是因為她的能力太過卓越，周圍的學生無法跟上她的步調。

蕾姬雖然專業領域不同，不過只有她願意配合這樣的亞莉亞，

四月的公車劫持中她也出了一份力，亞莉亞在春季和白雪吵架離家出走時，也是蕾姬收留了她。

所以，亞莉亞打不下手——

——刷！

說時遲那時快，亞莉亞後仰身體，避開了突刺而上的一閃銀光。

她順勢舉起雙腳一個側翻，退離了蕾姬。

沙……

剛才**刺刀的突刺**，掠過了亞莉亞的雙馬尾——

一、兩絡被切斷的髮絲，飛舞在空中。

「……蕾姬……喂……！」

蕾姬拔出了藏在裙中的刺刀。

潑水祭明明只有「徒手格鬥」無限制解禁啊……！

「……」

蕾姬放下掛在肩上的狙擊槍，咻咻——喀！

像在耍指揮棒似地旋轉了一圈後，裝上了刺刀。

蕾姬拿著瞬間變成了長槍的德拉古諾夫，擺出低姿勢。

那個架式——是相當古風的刺刀術架式，但已到了登堂入室的境界。

跟剛才的徒手格鬥判若兩人。

「蕾姬……！」

亞莉亞看著眼前無視潑水祭規則的蕾姬，猶豫自己是否也該拔刀的瞬間——

蹬——！

蕾姬趁隙衝向亞莉亞，刷！

做出刺擊膝蓋的假動作，讓亞莉亞後跳閃避——

「——！」

刷！刷、刷！

接著以驚人且華麗的刺刀攻勢，向亞莉亞接連刺出刀尖。目標是手腕、腹部和大腿內側。毫不留情。專門瞄準要害，彷彿有磁力互相吸引一樣。

亞莉亞用卓越的運動感，接連躲開刺刀——但是，咚！

她終於被逼到了牆邊。

「——！」

蕾姬朝著亞莉亞的頸部——刺出了至今最銳利的一記突刺！

喀！

亞莉亞以一紙之差，閃開了刺擊後——

刺刀深深刺入了她頸部旁的牆壁上。

「……！」

這一擊，讓亞莉亞紅紫色的雙眼驚訝圓睜。

我也結舌了。

壓在艾馬基身上的理子，也像漫畫人物一樣，張大嘴巴傻了眼。

剛才這一擊，蕾姬是真、真的想**取人性命**。

蕾姬拔出牆上的刺刀，咻咻咻地旋轉德拉古諾夫，同時後退了幾步取出距離，用意似乎在於增加連續攻擊的速度感，再次擺出了架式。

刺刀尖端又瞄準了亞莉亞的頸部，筆直不動。

當蕾姬正想踏出腳步時——

「住手！蕾姬！」

多虧有這段間隔，我才有辦法出聲制止。

隨後……

蕾姬像被人按了中止鈕一樣，靜止不動。

接著……咻！

一語不發地將狙擊槍一轉——掛回了肩膀上。視線依舊看著亞莉亞。

「蕾姬……」

亞莉亞原本以為蕾姬是自己的朋友。

現在卻受到這種對待。

「妳這種人……妳這種人……」

她淚水盈眶……

「我要和妳絕交！絕交！永遠不會原諒妳！也不想再看到妳！」

對一語不發看著自己的蕾姬，怒吼說。

在那之後，亞莉亞跑走了。理子也追了上去……

所以車站內只剩下我、蕾姬和艾馬基。

我發出停止命令後……蕾姬就像一個開關突然切掉的機器人，我帶著她快步走到學園島的一角——人工浮島的邊緣處。

只要繞過防落柵欄來到海邊，四周就不會有人影。

我必須在這裡……對蕾姬說教一番。

因為她剛才沒常識的舉動，已經是人類化計畫之前的問題了。

蕾姬雙腳抱膝坐在海邊，沒有看我。

不過該怎麼說……她好像已經靜下心來了。

她剛才在戰鬥中就很冷靜了，現在說她靜下心來也很奇怪就是了。

「……蕾姬。」

「在。」

「妳剛才想要殺死亞莉亞吧。」

「對。」

她居然如此回答，還一臉若無其事的樣子。

傷腦筋啊。

「妳還說對……為什麼啊？」

「——因為『風』命令我。他說不能讓你靠近亞莉亞。」

……風。

又來了嗎。

這傢伙……狙擊拘禁我的那天晚上，也說過同樣的話。說什麼一切都是「風」的命令。

「『風』是什麼東西？該不會是妳常用耳機聽的那個吧？之前妳好像說過在聽風的聲

音。」

「——不對。那是我故鄉風聲的錄音。」

「故鄉風聲……？」

「我聽風的聲音是為了讓心靈，保持在和他共同成長的那段時光。」

……我越聽越糊塗了。

「那是有人打電話命令妳嗎？」

「不對。」

「那妳是怎麼接到命令的啊？」

「我會在腦中，直接聽到風的語言。那語言，來自遙遠的故鄉——」

「……」

……

那個……啊。

我是不喜歡給人亂下病名啦……

不過蕾姬看起來，似乎得了**精神分裂症**。

也就是罹患了所謂的「妄想症」。

這是我在偵探科學到的，其中典型的例子有「我受到上帝的啟示」啦，或是「外星人用電波命令我」之類的。蕾姬的情況也很雷同。

因為她本人對妄想的事物深信不疑。

而且……我不是醫生。

思考治療的方法也沒用吧。

這邊就岔開話題，先把我想說的話簡潔地告訴她吧。

「我說……那個。我這樣說也很奇怪啦，妳不要殺人。」

「為什麼？」

問……

問我為什麼嗎。

「為什麼？不行就是不行。不要殺人。」

「這是命令嗎？」

「是命令。武偵法也是這樣規定的。」

「我知道了。那麼，我會盡量不殺人。」

總覺得……

她的說法聽起來，好像以前殺過人的感覺。

嗯，這一點我就先不吐嘈了。因為小生怕怕。

（不過……）

我冷靜下來後才想到：對這個有妄想症的機器人少女，利馬症候群真的會成功嗎？

照這樣下去……說真的，這似乎不是我能單獨處理的事情了。

既然這樣，就必須請求外援。

我在心中盤算——

對著眼前雙腳抱膝、看著海鷗的蕾姬，深嘆了一口氣。

還有……剛才的打架……

蕾姬固然有不對的地方，不過亞莉亞也是。

聽取狀況的順序亂七八糟。

她擅自把片斷的事態和證詞東拼西湊，然後產生誤解，平常的缺點表露無遺。

亞莉亞和敵人交手時的直覺明明很卓越——可是一遇到和我有關的事情，就會馬上產生奇怪的誤解，做出魯莽的舉動，這點似乎是她的壞毛病。

我們共同度過伊・U一戰，當中合力抗敵過好幾次，原本我還稍微覺得她人不錯……現在當我沒想過。

亞莉亞果然是一個自以為是、獨斷獨行的凶暴女。

3彈 校外教學 I

裝備科大樓是一棟地上一樓、地下三樓的建築。而地下的部分占地較廣。

學園島是一座人工浮島，地下這個用詞有點微妙就是了。

從戒備森嚴的一樓經樓梯來到地下後……眼前出現了放有無數槍械的槍架，一直排列到走廊的盡頭。

不論何時來看，這裡都很危險呢。

我跟身後的蕾姬與艾馬基穿越走廊，來到掛有名牌：「平賀文」的B201作業室敲門。

「我在裡頭！門沒鎖！」

門內隨即傳來平賀文同學稚嫩的聲音。

我打開門一看，室內就像激安殿堂 Don Quijote 一樣，除了東西還是東西。（註5）大大小小琳瑯滿目的工具、古今中外的手槍零件……線圈、握把、收在塑膠盒內多達幾百種的螺絲和梢，雜亂地堆到了天花板上。

「平賀同學，是我，遠山。」

5　殿堂Don Quijote是日本一家連鎖雜貨鋪。英文部分的中譯為唐吉軻德。

我又是蹲又是側走，穿過成了零件叢林的室內往深處移動，免得自己不小心碰到東西。

內部的作業台上放有電視和ＤＶＤ播放機，正在播放給小女生看的卡通。

平賀同學在一旁「啪啪啪」地，正在焊接某樣東西，隨後轉過頭來。

「喔喔!?遠山你帶了蕾姬同學過來呢！你們在交往呢！」

她把焊接面罩弄到額頭上，用天真無邪的雙眼盯著我和蕾姬瞧。

「這……說是我帶她來的，倒不如說是她自己跟著我。先不說這個……完成了嗎？」

我環視周圍後一問，

「你們在交往！很登對呢！」

平賀同學把雙手指向我和蕾姬。

「不對，我不是說這個……」

「啊哈！妳們在交往！」

……信不信我揍妳。（註6）

「我們沒在交往。我是問妳，我拜託妳的**東西**做好了嗎？」

我又問了一次後，平賀同學頭上一個看不見的小燈泡這才點亮。

「啊哈！你拜託的東西也完成了！完成了！」

6　日文中，完成和交往同字，都是できる。

接著她在雜亂無章的道具架上……動來動去。

就像松鼠要鑽進樹上的洞一樣，慢慢把上半身塞了進去。

她把手伸到架子的深處，似乎只能用這種方式拿東西。

「嗚喔！還差一點就碰到了！」

平賀同學ＳＳＳ尺寸的制服鉤到了架上的釘子，只有下半身垂在外頭。只見她扭動屁股，像小學生一樣的細腿不停拍動。

話說……這裡雜物這麼多，虧妳還能知道東西放在哪裡。

唉呀！平賀同學是連美國的武器廠商，都想要內定她的天才少女。大腦的構造稍微異於常人吧。

——滋、滋滋！

啊，出來了。

「這東西是西洋的刀劍，不過跟頂級的日本刀相比卻毫不遜色，是一把鋒利的兵刃。遠山，你有一把好物呢。」

平賀同學頭髮上黏著螺絲和彈簧，將一把雙刃劍遞給了我。

刀刃似乎本身就散發著銳利光芒。

喔喔！平賀同學完全把它現代化了。

我接下的劍，是夏洛克在伊・Ｕ用的薩克遜刀。

我在戰鬥的最後，借它來爬ＩＣＢＭ，之後這把武器就一直在我手中……由於實在太過鋒利，所以我到現在還在「借用」。我請平賀同學幫我裝上適合我手掌大小的硬質塑膠，還訂做了秘藏用的刀鞘。

我把它收到穿著制服的背部，嗯，徹底收好了。不愧是平賀同學。

「還有，這把也照你的要求改造好了。我加快了彈匣的排出速度，還增加了三點放和全自動的機能。」

平賀同學的小手，這次遞給我一把槍。

那把沉重的大型手槍是——沙漠之鷹。

它被奉為世界上最強的自動手槍之一，是我父親的遺物。

蕾姬瞄了霧黑色的槍身一眼。

「能夠『魔改造』到這種地步的人，裝備科也只有我了！耶嘿嘿！」

平賀同學說完，挺起和亞莉亞同等級的平胸。

我把準星對準牆壁的方向，回想起至今交手過的超人們——貞德、弗拉德、佩特拉、夏洛克。

……很可惜，我現在還是武偵高中的學生。

伊・U以一個組織來說雖然已經瓦解了——不過殘黨目前還在逃。難保我不會再被那種像漫畫一樣的超能力者攻擊。

若要與之對抗，我必須先行強化武裝吧。

我抱著這個想法，才會從父親的遺物中找出這把沙漠之鷹。

這把沙漠之鷹可使用點五零AE彈，威力大約是貝瑞塔的9mm帕拉貝倫彈的三倍。

但是手槍這種東西不像遊戲一樣……使用者不是有槍在手就能變強。簡單來說，使用者的手臂必須訓練到能夠習慣手槍為止。

特別是這把沙漠之鷹，槍身和後座力都大得嚇人。

父親是身高近兩公尺的壯漢，所以用起來易如反掌；但這把槍對我而言，卻是一把過於沉重且強力的武器。要自由驅使它，大概需要相當的訓練吧。

所以，我決定暫時——只在爆發模式下使用它。

難得有這種強力的手槍，要是打不中目標可就沒意義了。

我放下舉起的槍，把沙漠之鷹收入平賀同學額外奉送的槍套中。槍套是掛在身體側面的那一種。

平賀同學在一旁抬頭看我，圓滾滾的雙眼熠熠生輝。

「嗯——遠山，你好帥喔！黑色的沙漠之鷹很適合陰沉的男人喔！」

陰沉的男人勒。

「對吧，蕾姬同學！」

……她點頭回應。

不要連妳都贊同啊。

「蕾姬同學也請再來買穿甲彈的零件。我會先準備好一大堆碳化鎢的優良彈頭。隨時歡迎妳來惠顧♪」

平賀同學雙手合掌放在臉頰上，露出了營業用笑容。

蕾姬點頭回應。

看來蕾姬也是平賀同學的顧客之一。

……平賀同學把武器賣給我和蕾姬，我們越是戰鬥……她就越賺錢嗎。自己完全不用出手。武器商人實在是非常暴利啊。

平賀同學雖然一臉天真無邪，不過她的將來真令人畏懼啊。

同蕾姬一起生活的日子，又過了幾天——

終於有一個小機會造訪，使我得以推動蕾姬人類化計畫，朝利用「利馬症候群」脫身的方向邁進。

這天有游泳課，不過體育老師蘭豹因為相親失敗，而對B組的男生遷怒大鬧了一番，把游泳池給打壞了。我實在想不透空手要怎麼打壞游泳池，不過如果是同時兼任強襲科老師的怪力女蘭豹的話，或許做得到。

因此，修理游泳池要花一些時間……原本要上游泳課的C組女生，延後到放學後才上課。

放學後——這樣很像偷窺我不是很喜歡，但我還是確認了游泳池一下，看見蕾姬穿著學校泳裝混在其他的女生中，乖乖地排在游泳池邊。

（這樣我暫時可以自由行動了……！）

我用多了一劍一槍而稍微變重的身體——拿魚肉香腸引誘艾馬基，把牠關到體育倉庫，前往約好的地點和**協助者**碰面。

我來到學園島的中央處——第二操場旁的網球場後……

砰！砰！啪咻！

網球部的女生穿著白色運動衫，正在鐵絲網內揮灑汗水。

平常姑且不談，她們在球場中可以度過短暫且健全的青春時光。

相較之下，我卻要像囚犯一樣貼在鐵絲網上。或許像是偷窺犯吧。

呀！貞德學姊！

球場內傳來一年級女生們的尖叫聲，我轉頭一看，砰！

貞德在眼前一記強力回打，和一位卷髮的網球社社員激烈地來回對打。她把兩搓細長的銀髮辮子，像馬尾一樣綁在頭頂上。

（話說……）

剛才整個看光了喔。

貞德的網球服——

裙子因為回擊的動作，猛然撩了起來。

砰！啪咻！

每當球拍揮動……

純白色三段花邊的安全褲就會若隱若現，抑或是春光畢露。

對，我知道。那是**外露也無妨**的運動服。不是內褲。

我大腦的視覺區，沒有糟到連這種事情都分不清楚。

可是……問題不光是那件像內褲的東西。

貞德的長腿遠超乎日本人的水準（話說她不是日本人），大腿上意外地豐腴有肉。

而且也是純白色。

每當裙子撩起時大腿就會完全外露，這樣我哪受得了。那樣犯規吧。

該死。女生的網球服在設計上，為何要那樣賣弄下半身啊。設計者給我滾出來。我要用薩克遜劍海扁你一頓。（註7）

……話說，我這樣不就真的變成偷窺犯了。

7　薩克遜刀在第五集是單刃，中文慣稱為刀；本集改成了雙刃，故稱為劍。

我只是來找貞德而已。

我低下頭來免得被扣上不該有的嫌疑，不停在心中跟快要爆發的自己奮戰時……對打聲停止了。我偷偷抬起頭，看見學妹們吵嚷地靠近貞德說：「請用這條毛巾！」而她本人則走出了球場。

……妳還真受歡迎啊，貞德。雖然是受女生歡迎。

我多少能明白，她在女生眼中也是魅力型的美女吧。

看她閃亮動人，受到的待遇跟女王一樣。

貞德因為司法交易之故，被迫從伊・U「轉校」到武偵高中，目前就讀情報科，還加入了網球社，像這樣過著充實的高中生活。

相形之下，春天在地下倉庫打倒貞德的我……則是被機器人少女和一頭狼拘禁，我在搞什麼啊。

我陷入半憂鬱狀態，垂頭喪氣時——

「——遠山。」

貞德總算注意到我。

「貞德，過來。動作快。」

於是我對她招手說。

貞德放下部分豎起的銀髮，換上制服走出網球社的社辦後……
走到離我兩公尺半左右的地方，突然停了下來。
「不要太靠近我，遠山。」
「為啥啊？」
「我剛才在社團活動流了一些汗。」貞德說完，聳了聳肩上的球拍。「你剛才要我動作快，所以我沒時間沖澡，只用了濕毛巾擦過身體，然後噴香水遮掩汗臭味而已。」
……她還是老樣子，一本正經啊。
不過，連香水都跑出來了嗎。明明只是個高中生。不愧是有高貴血統的大小姐啊。
「那種事情我不介意。我們邊走邊說吧。」
此時吹來一陣清風——貞德的身上確實傳來了如嫩草般的芳香。
她根本沒有汗臭味。
以前，我聽大哥……應該說加奈說過，香水本身是一種不完全的東西，還要和女性的甜美體香結合，才能發出最棒的香味。
現在的貞德，正是如此啊。
妳在這所充滿煙硝味的武偵高中內，是非常爽朗的存在呢。
接著，貞德皺眉猶豫了一會後，姿勢端正地走到了我的身旁。
她走路時我稍微瞄到了，她有乖乖遵守校規，裙中帶著一把槍呢。

——那把槍是Zastava Cz100嗎。好槍。

「你跟亞莉亞拆夥，然後和蕾姬組隊的事情——在情報科也稍微成了新聞呢。」

「為啥啊……我這個人沒有談論的價值吧。」

「你自己可能不知道，遠山。武偵高中，特別是強襲科認為你在戰鬥能力上擁有卓越的才能，私底下大家都敬你三分呢。或許是因為他們覺得你討厭這樣，所以沒有公開拿出來講。我聽到你的風評後，對你也稍微刮目相看了。」

饒、饒了我吧……

而且，偏偏還是被強襲科——去死去死團盯上嗎。到了今天還是一樣。

「教務科的資料上也有寫到。說你的狀況起伏不定，不過你的資質是成為下一屆領導人物的最有力人選——但是你和他人缺乏協調性，個性上有問題。」

個性上有問題，是嗎？

囉嗦。

「好、好了……我的事情不要緊。現在重要的是蕾姬。妳查到什麼了嗎？」

亞莉亞那一次我也想過——武偵對決的序幕，是情報戰。

對方是什麼人？有沒有弱點？喜歡和討厭的東西是什麼？

……先掌握諸如此類特徵的人，會有壓倒性的優勢。

話雖如此，當事人如果自己行動肯定會立刻穿幫，所以通常是委託第三者作調查。

四月我委託的對象是偵探科的理子，這次我則是拜託在伊・U傳授理子情報處理技巧的貞德。

畢竟師父會比弟子厲害，而且理子在報告中會有許多沒必要的嘲諷。

「一流的狙擊手——多半會隱藏自己的情報。蕾姬也有那種傾向。因此，從她身上能找到相關情報，非常有限。」

我想也是吧。

我跟她住在一起，也是什麼都摸不透。

「不過，我有查到她過去的履歷。她就讀武偵高中之後，任務成功率是百分之百，無可挑剔的完美。不過，她對任務似乎非常挑剔。」

「這是什麼意思？」

「因為我發現蕾姬會接的工作，只有三種類型。」

「三種類型……？」

「第一種是老師命令的工作。優秀的學生偶爾會接到教務科的指名委託……通常沒有天大理由是無法拒絕的，不過相對地可以拿到大量的學分，並且免除考試。你在一年級的時候偶爾也有過吧。」

這麼說來……我在強襲科的那段時間，還真的有碰過呢。

我回憶過去，同時把硬幣投進路旁的販賣機，想要買一瓶罐裝咖啡。

「——第二種是ＬＤ值９００以上的任務。」

「９００……!?」

我心中大驚，並按下自動販賣機的按鈕。

ＬＤ值（Level of difficulty score）是武偵任務難度的指標，專門負責評等的非營利團體會把這個數值附在任務上，提供給委託人作為決定報酬的參考。這個數值我不怎麼在意就是了。

大致上來說，數值３００～４００是適合學生武偵的工作，５００～７００則適合職業武偵……

——而９００以上的任務，

即使是一流的武偵企業，也只有頂尖的精英能夠處理。

「啊……我太驚訝了，不小心買到熱咖啡。」

現在戶外還很熱的說，我邊嘀咕邊取出無糖黑咖啡。貞德從一旁將咖啡拿走……

「……最近，我的魔力不太穩定。不過這點小事還辦得到。」

接著，她把罐裝咖啡丟回給我……罐子變涼了。

喔！銀冰魔女貞德，還做得到這種事情嗎。真是方便呢。

「蕾姬她……接過好幾件那種超高難度的狙擊任務。這樣成功率還能百分之百，已經算是超能力者或法師的範疇了。」

貞德一臉佩服地說。她自己明明也是超能力者加法師。

「……妳剛才說有三種類型吧。第三種是什麼？」

「鷹眼。」

「鷹眼……？蕾姬嗎？」

第三種類型讓人意外，我歪頭不解。

所謂的「鷹眼」是狙擊手活用卓越的視力，從遠距離監視對方。為監視任務的隱語。這種任務的報酬和學分都不多，通常是狙擊科實力不足的一年級或實習生會接的工作。

「遠山。你也被她監視過。過去至少有兩次。」

「……妳說什麼？」

「第一次的委託人是亞莉亞。日期是四月二號。她拜託蕾姬當『鷹眼』，好讓自己可以埋伏從偵探科走出來的你。」

啊啊！是我要到青海找走失貓咪的那次嗎。

我剛接下任務，要逃到校外想辦法對付亞莉亞時——就在偵探科大樓前面，偶然撞見埋伏我多時的亞莉亞。

那是蕾姬在遠方監視我，然後通知亞莉亞的嗎。

真是多管閒事。

「七月的時候，教務科找人監視第三男生宿舍。那段時間，警視廳來通知說要注意闖空門的竊賊……所以武偵高中也加強了警戒。而接下任務的人就是蕾姬。」

這件事情我也記得。就是白雪在我房間拿M60，對穿著兔女郎裝的亞莉亞掃射的那次。當時蕾姬正在用德拉古諾夫的狙擊鏡看我的房間。

「蕾姬接受的『鷹眼』，內容又更加有限了。對象是你、亞莉亞或星伽白雪的時候，她才會接下任務。」

「我、亞莉亞或白雪……？」

這是什麼組合？我搞不太清楚呢。

我只知道一件事情……蕾姬從以前開始，就已經盯上我和我周遭的事物。

蒙在鼓裡的人，只有我——是嗎。

「我在初步調查中有找到其他的情報，不過有很多消息都未經確認。經過確認可以馬上告訴你的情報，只有這些。換你了——你有帶東西要給我嗎？」

前幾天蕾姬和亞莉亞大打出手後……我就把自己被蕾姬狙擊拘禁、還有想靠利馬症候群脫逃的事情，毫不隱瞞地告訴了貞德，並委託她幫忙……

當時，貞德要求我說：「從蕾姬的身邊，把能夠成為調查線索的東西帶來。」

「我帶了……一段聲音過來。」

我說完拿出手機。

「聲音？」

「蕾姬常常戴耳機在聽這個奇怪的聲音。昨天我趁她沖澡的時候，拜借了她的MP3……用手機拷貝了micro SD卡。」

「沖澡……？你們是在過什麼樣的生活啊。」

貞德露出狐疑的眼神對我說，我暫且無視於她。

我插上手機用的耳機，把一邊耳機分給了貞德。

「妳聽。看看能不能聽出什麼。」

「嗯……」

我倆停在原地，各拿了一邊聆聽。

這聲音事前我有先聽過……覺得有點毛骨悚然，內容真的只是普通的風聲，時間長達數小時。

「……」

由於耳機線太短，所以我們把頭靠近聆聽內容時……

貞德在風中晃動的銀色長髮，有幾絡灑在我的臉上。

嗚！真討厭啊。這種有女人味的感覺。

可是，這邊要忍耐。

「──這裡。聲音很小，不過有雜音。不是風聲。我聽不出來這是什麼……」

「嗯……」貞德閉上眼，把注意力集中在聲音上，神情認真。

我看著貞德的臉，等候她發表評論。

……

………

……話說回來……這傢伙也是　位美女啊。

修長的睫毛。尖挺的鼻子。如薔薇花瓣的嘴唇。

這種酷酷的印象。說她像魔女，倒不如說是像女明星。

「我聽不出來。不過，這可以當作線……你、你做什麼，遠山。為何盯著我看？」

貞德話說到一半，張大了如藍寶石的碧眼。她注意到我在極近距離看著她，頭往後一縮。

「沒、沒有。我只是在等妳說話。」

我的耳機因為耳機線的拉扯，從耳中掉了出來。接著，我把裝有聲音檔的 micro ＳＤ卡交給貞德，等候她開口。

貞德不知為何臉頰泛紅，清了一下嗓子後，

「這可以當作線索。我知道要找誰商量。」

她雙手交叉在胸前，豎起了食指和中指，示意指間的ＳＤ卡。

貞德用冰藍色的手機連絡那位「商量對象」，同時帶我來到——通信科，跟情報科比鄰而居、學習使用通信機做支援的學科。

通信科嗎……這裡我不常來呢。

「我和這裡的中空知是好朋友。」

這稀奇的姓氏，讓我也起了反應。

——中空知美咲。

她是通信科二年級的學生，我們班級不同所以我想不起她的臉……但是**我認得她的聲音**。

這是因為她在強襲作戰時，常常擔任我們的通信操作員。

武偵——特別是強襲型的武偵，作戰中會用無線耳麥互相聯繫。

在進行大規模作戰時，都會配一個通信操作員，以免通信混雜或錯亂。

通信操作員會待在通信科，為我們正確地說明小隊的狀況。有時會告訴我們一些戰鬥中的武偵無法掌握的狀況，例如增援到達的時刻或天候的變化……等等。

四月的公車劫持事件中，替我們報告是何種公車遇劫、作戰行動開始之前發生了什麼狀況……等事物的通信操作員——就是中空知。換句話說，她是解決該起事件的幕後功臣之一。

中空知的通信操作總是完美無缺。她可以清楚分辨出好幾位武偵接連發出的模糊聲音，總是保持冷靜，確實地將狀況傳達給我們知道。

最重要的是，她的發音就像NHK的播報員一樣悅耳，而且她說的內容我從來沒有聽錯過。

（可是她這麼優秀，武偵評等卻不知道為什麼只有B。）

我只聽過她的美聲，她會是一個什麼樣的人呢。

武偵的耳麥上有小型攝影機，中空知或許看過我的長相；但我卻是初次見到本人。她給人的感覺肯定是個十足的優等生吧，雖然我對她是「女性」這一點很感冒。

我如此心想，聽到貞德說：「Follow Me。」

隨後，我們便進到外觀如電信公司的通信科大樓。

貞德帶我來到音響學教室。或許是怕生灰塵吧，這裡禁止穿鞋入內。

我換上拖鞋走入室內……時值放學後，裡頭沒有人影。

環繞周圍一看，跟音響有關的裝置排列得整整齊齊。宛如廣播電台啊。

我和貞德佇立在帶有電子機器味道的室內……

「──貞德同學？」

一位女性抱著各式各樣的耳機，從一旁跑了過來。由於手上的耳機實在太多，她似乎看不到前面──

「喂、喂！」

我來不及提醒她，砰！

「啊哇！」女性就撞上了我……咚一聲，一屁股跌坐在地。

她臉上的銀框眼鏡飛到了半空中。我接住眼鏡的瞬間，嘩啦嘩啦！

她抱在手上的耳機灑了一地，電線纏住了她的頭、手以及穿著室內鞋的雙腳。鞋子的腳尖部分為紅色。

「呀啊！」

這位女性不只後髮，連瀏海也很長，她的眼睛幾乎被蓋住了。

以前我買給理子的美少女遊戲中，裡頭的主角就是這種瀏海。

我是不太清楚啦，那是流行嗎？

（……嗚……）

——女性因為跌倒的關係，翻動的雙腳讓裙子處於很不妙的狀態。

普通的男生大概會覺得很幸運，不過我因為「那個」的關係，所以把視線往上避開，拼死都要避免自己看到她的大腿內側，以策安全。

「不要緊吧？中空知。」貞德在我身旁對她說。

咦！這個人就是中空知……同學？

我把視線移回女性的身上，瞪大了雙眼。她想要解開耳機線，不知為何卻纏得更加複雜。

這……和我的印象差很大呢。

她在當通信操作員時，明明給了我一種幹練的感覺。

這名似乎是中空知的人物在貞德的幫助下，解開了耳機線的束縛後，趴在地上像漫畫人物一樣，「眼鏡眼鏡」地四處摸索。她四肢撐地，宛如在追自己尾巴的小狗，開始在原地繞圈圈了。不要緊吧。

……話說，她穿著制服在爬行，讓我隱約察覺到一件事情……

好、好大啊……她的胸部。是白雪等級的呢。

她給人的感覺先不管，她的外表對我來說具有危險性。

而且在瀏海下若隱若現的雙眼，也是美人等級的。

我有點不忍心出聲叫她，於是把剛才接到的銀框眼鏡，像在給小狗骨頭一樣，拿到她的眼前後……

中空知同學「呼耶！」一聲，拿了眼鏡後搖晃起身……

「……請……請問是……哪位……？」

她疑惑皺眉，瞇起眼睛探頭看我的臉。

這樣似乎還看不清楚，只見她的臉龐逐漸逼近。距離接近到我能感受到她的鼻息。

她的視力很差嗎？還是因為長瀏海的關係視野不良呢？抑或是兩者都是呢？

最後，她好像終於認出了我的臉，

「!!」

刷刷刷！磅！

只見她往後連退，背部撞到了隔音牆上。

「啊！哇，男、男生。男、男人。討、討厭，喜歡！喜歡！我、我喜歡男、男人！在我的腦中。這是真的！」

她不知所云，手忙腳亂的方式非比尋常。

因為瀏海的關係，我只看得見她的下半邊臉。那個部分轟轟轟地，一口氣泛紅了。這快速紅臉術，能夠和亞莉亞並駕齊驅。

「貞、貞德同學，妳怎麼突然、突然突然帶男生過來……啊哇、哇！」

她背貼著牆壁……滋滋滋！

滋滋滋……

她不知為何警戒心表露無遺，膝蓋呈現要彎不彎的狀態。

妳以為……腳這樣就伸直了嗎？好厲害的內八腿。連白雪都瞠乎其後呢。

接著，她發抖地戴上眼鏡……

「眼、眼鏡，寫、寫謝你……」

連句「謝謝你」都說不好嗎。

她口齒不清的程度，已經到了不動如山的境界。

「妳找錯人了吧。」

我轉頭看向貞德，她回瞪了我一眼。

「中空知就是中空知。你對我的人選有什麼不滿嗎？」

沒辦法，我只好再度面向……似乎是中空知的人物。

「呀！」

她只是被我看了一眼，就用手上的耳機護著頭部。

「對、對不起對不起！對、對不起！」

「我什麼都還沒……」

「我、我我，我以為只有貞德同學，貞德同學一個人，貞德同學自己過來，沒想到會有男、男人，不對，會有男生過來，所以沒有心理準備！變得很亢奮！啊！我說的亢奮不是性亢奮喔！」

中空知同學像在比手語一樣，雙手上下左右地掙扎亂動。

「過來的人，帥哥，而且，沒想到，會是我在耳、耳麥影像中看到的遠山山，呀！」

總覺得……這個狀況類似英文考試中的「請排列出這篇文章正確的語序」一樣。

她說的內容我是完全聽不懂啦……

不過很遺憾的是，這個聲音的確是中空知呢。

話說……我和這個人可以好好地談話嗎？

「遠山，中空知跟你一樣，個性上稍微有點問題。你到那邊的牆壁去。」

貞德看著我，並指著教室的深處說。於是，「什麼叫跟我一樣啊。」我一邊發牢騷，同時走到牆邊後……

啪！

中空知從裙子的口袋取出手機，接著貞德不知道告訴她什麼，「嗶嗶嗶！」只見她用會令人瞠目而視的速度，輸入了電話號碼。

……要打給誰啊？

我如此心想的瞬間，自己的手機傳來了「櫻花開時」的旋律。（註8）

咦！打給我？

「……喂？」我先接起電話。

「——初次見面。這麼說好像有點奇怪，不過我們是第一次碰面吧。我是中空知美咲。剛才失禮了。」

一段字正腔圓，如播報員般的中文傳入了我的耳中。

咦？

我轉頭看中空知的方向，貞德像在玩老鷹抓小雞一樣，藏住了她的身影。

8　櫻花開時（華のうちに）是古裝日劇〈遠山金次郎〉的主題曲。

「我有點容易怯場……所以請恕我失禮，我會像這樣用手機和你說話——請問這樣可以嗎？」

「嗯……是沒關係啦。」

這、這態度的變化是怎麼回事。

我不太清楚，不過中空知似乎只要透過通信機，就能夠無所顧忌地和人說話。應該說，她必須要有才對。這句話從我口中說出來也很奇怪啦，不過她真的是個怪人呢。

這時貞德轉過身，窸窸窣窣地不知道向中空知說了什麼。

「——你希望我對這片micro SD卡中的檔案做聲音分析，對嗎？」

「對、對。妳能聽出什麼的話，麻煩告訴我一聲。」

我感到猶豫，如此回答中空知說。

「那是狙擊科的蕾姬，常常用耳機在聽的聲音。她說那是她故鄉的聲音……可是我只有聽到像風聲一樣的雜音。請妳分析這種沒有影像只有聲音的東西，我也覺得是一個無理的請求啦——」

「——不會。聲音比影像更會說話。至少在我的眼中，它就跟影像一樣。而且我和蕾姬同學的一般學科都是二年C班——所以她的耳機我也有印象。蕾姬同學的耳機……是這個。Sennheiser PMX990。這款耳機的特徵是音質清爽，是一副擅長呈現高音的精品。請稍等一下。」

中空知在貞德後方，戴上了橘色的耳機——

「……」

沉默了半晌。

她開始在聽聲音了啊。

我也靜下來等吧。

應該說不等不行，畢竟對方已經戴上耳機了。

「……一個相當……寬敞的地方。」

中空知的聲音，很快就從我的手機中傳來。

她透過手機，向我報告分析出來的內容。

「從聲音的反彈和速度來看，錄音地點是寬敞的草原——而且是高海拔的地方。附近有零星的森林。針葉樹林。樹葉的摩擦聲……那是新疆落葉松（Larix sibirica）。」

喂、喂喂！

光聽聲音……連這種事情都能知道嗎？

這麼說來——我在偵探科曾經學過。

我們竊聽到電話等通訊之後，可以利用有一種叫作聲音搜查的技巧，來尋聲找出通話的場所。

不過一般而言，要有電腦和特殊軟體才能作分析。

中空知似乎只要靠耳朵就能分析出來。她的聽力相較之下，比視力還好呢。

「把灌木的植被一併列入考慮的話，錄音地點大約是蒙古北部到東西伯利亞之間的某處。」

……蒙古？西伯利亞……？

中空知傳來的平穩聲音，令我歪頭不解。

「我聽到馬的呼吸聲。牠的體型不大、半野生……大概是蒙古矮種馬，是蒙古古代馬的後代。還有狼的聲音……以狼來說，牠的體型不怎麼大。應該是灰狼的亞種，苔原狼。」

連動物的聲音都聽得出來嗎？真是厲害。

我聽起來只覺得那是一串雜音。

「啊！有人的聲音。距離很遠，他們在說話。說的語言……很不可思議。聽起來像是俄文——不過還夾雜了日文和古蒙古話的單字。」

我對中空知的聽覺和博學感到驚訝——然而，這段錄音的謎題卻不停在增加。

蕾姬的故鄉……是在海外嗎？

我皺眉的同時……看了手錶。

啊啊……糟糕了。蕾姬的游泳課差不多要結束了。

要是離她太遠，難保我不會被她狙擊。

我蓋上手機，朝中空知的方向——

「抱歉，我時間不多要先走了……等一下妳可以把聽出來的內容寄給我嗎？那張micro ＳＤ卡先借妳，妳之後再還我就好。」

我沒透過手機如此說完——

「拿……拿拿、去還給你……？要、要、要要要我去男生宿舍，我沒辦法！因為，我、我、我沒有適當的內衣褲！」

中空知恢復到原本有缺陷的人格，回了一句莫名其妙的話。

內衣褲是怎樣？

而且我沒說要妳來男生宿舍吧。

武偵高中真的都是怪胎呢，我對此嘆了一口氣……正想離開通信科教室時……拉！

貞德抓住了我的手。

「……幹麼啊？」

「……」

她一語不發把我推出小教室，確認走廊左右無人後……有如在耳語般小聲對我說：

「遠山，你要小心。」

「……小心什麼啊？」

「小心蕾姬。有件事情我沒辦法馬上去查證，所以沒告訴你——蕾姬到武偵高中就讀之前，從十四歲開始，她不光是日本，還有在俄羅斯和中國活動過。早在俄羅斯和中國批准武偵執照國際化之前，她就已經在當地取得武偵執照了。」

「……她在那種國家做什麼？」

「沒有相關記錄。她可能什麼也沒做，也可能做了**不會留下記錄的工作**。」

「『不會留下記錄的工作』……？」

「這很難啟齒，我可以說嗎？」

「說啊。」

「例如，『殺手』。」

——我想也是吧。

這個業界，說到不會留下記錄的工作也只有這個了。

就算是正當防衛，武偵也禁止殺人——其實會遵守這一點的只有日本和西歐諸國。以現實層面來看，專門**殺人**的武偵實際上是存在的。

據說當中約有七成，都是**擅長狙擊**的武偵。

當然不管哪個國家，都不會公開相關的情報。

「——剛才妳說的，我會當作沒聽過。」

我說完，望向窗外。

蕾姬……

看來妳不是泛泛之輩啊。

這點我多少有感覺到啦——打從一開始。

「遠山。如果你現在被蕾姬狙擊拘禁的話，這個問題最好盡早解決它。你尋求幫助的委託我是接下來了沒錯——不過要用利馬症候群脱身的話，最後還是要靠你自己和蕾姬構築良好的人際關係才行。」

「我是打算那樣。可是不太順利。」

「嗯，幸好——你和蕾姬是一男一女。我有一個計策。」

……一男一女？……計策？

我有一種不好的預感。

「妳要我怎麼做？」

「你有帶蕾姬去市區過嗎？也就是所謂的約會。」

「約、約會……？我是有跟她去台場吃過拉麵啦，不過那不算約會。」

「你沒讓蕾姬自己付錢吧？」

「她沒花錢。」

我說完，貞德表情一驚，

「以你來說算做得很好呢，遠山。蕾姬很高興吧？」

「她跟平常沒兩樣。」

「不對，她在心裡應該很高興。這是讓人高興的事情。就算飯錢只花了一百塊日幣也無妨。」

正確來說是沒花半毛錢。

因為她在三十分鐘之內就掃光了超壺麵。

「簡單來說就是像那樣，把蕾姬當成女性溫柔對待。這點只有男生做才會有效果。只要反覆進行下去，就能和蕾姬構築良好的人際關係。對了，我想到一個好主意。就快要『校外教學Ⅰ』了對吧。你就利用自由活動的時間。」

「利用自由活動……？」

「旅行的時候帶著蕾姬，做一些會讓女生高興的事情。」

「會讓女生高興的事情……是什麼啊。不是我在臭屁，我對那種事情一竅不通。妳再說具體一點。因為妳是女生。」

「這個嘛——有一個古典的方法，就是送禮物收買她。女性如果收到衣服或飾品等可以穿戴在身上的東西，心理上的距離就會一口氣拉進，然後對你產生好感。這招很有用，假設你和對方吵架，甚至能用這招修復彼此的關係。」

「……那種東西，我要去哪種店買？」

「例如像女裝店。」

女、女裝店……

好古老的說法啊。

不對，話說……

「我覺得蕾姬對穿著不感興趣喔……？」

「聽好，遠山。沒有女生對衣服不感興趣的。這是世界的法則。」

我看到貞德一臉嚴肅，稍微有點懷疑。

「那妳會高興嗎？假如我在女裝店，買了妳喜歡的衣服送給妳。」

於是我隨便舉了一個例子。

貞德似乎沒想到我會問這種問題，

「我喜歡的衣服？」

她先是愣了一下……隨後微微低下頭。這不像她會有的反應。

「——不、不行。遠山要是看到我穿那種衣服……一定會覺得我很奇怪。我自己也知道我便服的品味和本人不搭。」

「妳穿衣服的品味不重要吧。」

「那假設……只是假設喔——我穿的是少女穿的那種輕飄飄的碎花長裙，也沒關係嗎？還附帶蕾絲髮飾。不是，我只是假設喔。」

她嘴巴說假設，身體卻稍微前傾靠了過來。這傢伙是怎樣。

「——又沒差。而且我也沒興趣。現在重要的是妳會不會高興吧？」

「高、高興是高興。本來我只會在自己的房間穿，如果你買給我的話，我是可以破例穿給你看。只要你保證不會跟別人說的話。」

貞德表現出奇妙的幹勁。她說話的方式，不知為何帶著一種「其實我是希望你看一下」的感覺。

唉呀，簡單來說她會高興吧。如果有男生買衣服給她的話。這下我明白了。

貞德都這樣了……或許對蕾姬也會有一點效果吧。

不過這種事情對我來說，是一種最艱難的任務。

要我動刀動槍反而還比較輕鬆呢。傷腦筋啊。

九月十四號——

掛著校外教學之名，行調整小隊編成之實的旅行開始了。

實際上這不是校外教學，所以旅程表……也就是「行程通知」上頭，

『地點，京都大阪神戶（當地集合・當地解散）

第一日：於京都參觀神社及寺廟（至少參觀三處，事後提交報告）。

第二日、第三日：自由活動（參觀大阪或神戶的都市地區）。』

只寫了以上幾點。

而且學生沒有老師帶隊，這要是讓東京都的教育委員會知道，肯定會被罵到臭頭。

我把完全派不上用場的旅程表揉成一團丟掉——

走出東海道新幹線「ＮＯＺＯＭＩ」，站到京都車站的月台上。

旅途中我幾乎在睡覺所以沒什麼實感，不過新幹線果然很快呢。電車離開品川是七點，現在才剛過九點而已。

……而在我身後，

蕾姬和艾馬基踏著輕快而急促的腳步，也跟著走出了新幹線。

「……」

我滿臉苦澀，看著死也不打算離開我的蕾姬時……

一群同樣自新幹線下車的武偵高中女生，看著我的方向私私竊語。

談話的內容……我隱隱約約猜得到。那群傢伙剛才在電車內走動時，看到我和蕾姬並肩坐在一起，便露出了興奮的表情。

……趕快到市內，混入人群當中吧。

啊啊……如此心情不爽快的校外教學，我還是頭一遭呢。

幸好，亞莉亞因為審判的事情沒參加校外教學……而白雪雖然人在京都的星伽神社分社，不過她跑來街上的機率微乎其微。

她們如果撞見蕾姬搞不好會爆發大戰，結果替京都的市民帶來麻煩。主要是流彈之類的麻煩。

「……蕾姬，妳有什麼想去的地方嗎？」

我沒忘記貞德的建議，所以抱著問了也白問的心情，對蕾姬開口說。

蕾姬左右搖頭。

「我也沒什麼想看的地方啦。不過第一天至少要參觀三間寺廟或神社，然後提出報告才行。所以接下來會走很多路喔，可以吧？」

我說完，這次她點頭回應。

啊……跟平常的蕾姬一樣呢。

我從包包內拿出事先買好的旅遊書，到了這一刻才在想要去參觀哪一間寺廟。

參觀清水寺和金閣寺時，跟在我身旁的蕾姬始終保持沉默。

不過，當我倆走在觀光客和舞妓往來的人群中時，她有抓住我的袖子。她這麼做或許是怕我逃走，也可能是為了不讓自己跟丟吧。

「啊！他們在挽手。」「好恩愛喔。」我是大家公認的倒楣鬼，唯獨此時一定會撞見班上同學，替不好的傳聞火上加油。

因此，我為了避開武偵高中的學生……決定不去原本想順道參觀的銀閣寺，而往三十三間堂出發。根據先過去的武藤所提供的情報，那邊沒有幾個同班同學。我也盡量避免搭公車，改坐計程車移動。蕾姬還真是傷荷包啊。

我在佛堂的入口處，悄悄窺視內部。

（很好，沒有武偵高中的學生。）

我如此確認後……

走到櫃台買了參拜券，並注意到牆上的注意事項寫著：「武偵養成學校的校外教學生，請將槍械和刀劍寄放於此。」於是我乖乖照做了。

「蕾姬，妳也把武器寄放在這裡。」

我說完，蕾姬比我想像的還要老實，也把德拉古諾夫和刺刀寄放在櫃台。

因為我的命令基本上這傢伙都會聽從。

「……」

不過，我卻帶著懷疑的眼光看著蕾姬。

我聽說行事謹慎的武偵……都會在口腔中暗藏超小型的折疊小刀或掌心雷。

而那種人通常會保持沉默，以免武器被人發現之類的。

「……妳張開嘴巴讓我看一下。」

我命令完，蕾姬抬頭看我……張開了嘴巴。

嗯。

看來是沒藏東西。

不過她的嘴巴還真小啊。

整齊的牙齒和舌頭，都像小孩子一樣。

蕾姬身材嬌小，會這樣也很自然。

「好。閉上吧。」

我說完，她立刻閉起嘴巴……像小動物一樣抬頭看著我。

這個視線和姿勢，讓我不由得想起蕾姬的吻——

「……那、那我們去參觀吧。艾馬基在那邊等。」

於是我把視線逃到艾馬基身上，進入了堂內。

三十三間堂自古以來，是一處測試弓箭技巧的有名場所。

據說到了現在這裡還是會依照古法，在本堂長達一百二十公尺的長屋簷下，舉行名為「通矢」的和弓射箭大賽。

——真要說的話，這間寺廟和狙擊有關。

我走過放有一千尊千手觀音立像的佛堂走廊上……

並瞄了蕾姬一眼。

蕾姬還是老樣子……面無表情到無可挑剔的地步。

佛像反而比較有表情呢。

話說我是到了京都才知道，原來佛像的表情還挺豐富的。

蕾姬對這裡似乎也不感興趣，只是碎步快走著。

如果是她的話——一百二十公尺的距離下，大概連跳蚤的心臟都打得中吧。

我一邊在數千手觀音有幾隻手，同時心想：「好險亞莉亞沒有這麼多隻手，不然她就不是雙劍雙槍而是千劍千槍了，那樣我可招架不住啊。」並露出了苦笑……

（要是和她一起來的話，這趟旅行大概會變得很熱鬧吧。）

我如此心想，穿過了走廊。

跟蕾姬在一起的話，我們不會分享彼此的感想……

「……看完了啊。」

所以我和蕾姬不一會就把堂內參觀完了。

現在才剛過中午。

學校規定第一天要參觀三間神社和寺廟，現在我們已經看完了。

（……該怎麼辦啊……）

我和蕾姬走到秋天晴朗的藍天下，來到一處類似庭院的地方。

此處有一張鋪著紅布、沒有椅背像是長椅的東西，所以我倆坐了下來。

接著我的視線越過蕾姬，看見一旁排列著許多風車。那似乎是當地小朋友做的東西。

這時，

「——金次同學。你剛才跟我走在一起的時候，腦中在想別的女生對吧？」

蕾姬看著斜下方，突然開口說。

驚！

「你在想亞莉亞同學的事情對吧。」

答、答對了。

「……妳怎麼會知道？」

「因為剛才你在那條走廊上微笑的表情——跟在亞莉亞同學面前露出的笑容一模一樣。」

瞪！

蕾姬冷眼看著我。

可、可怕。

還好這裡是寺廟，非武裝地帶。

「那、那是……唉呀！我上學期和她搭檔過，所以稍微想到一件好玩的事情，笑了一下而已。」

我隨便掰了一個理由後，

「請你不要靠近亞莉亞同學。」

蕾姬警告我說。她的感覺，讓我不由得感到恐懼。

話說，我還能感覺到蕾姬微薄的怒氣。

而且這是她到京都之後，第一次開口說話。

「妳在生氣嗎？」

「沒有。」

不對，妳在生氣吧。

剛才那句「沒有」，語氣有點強烈。

「妳在生氣吧？」

「……」

蕾姬搖頭。

不過第二次的否定——沒有言語，薄弱得只剩下動作。

換句話說，她多少有在生氣吧。氣我和她在一起，心裡卻在想亞莉亞的事情。

嗯……這點的確很失禮吧……

不過蕾姬要是真的動怒，可就太沒道理了。

如果我和蕾姬真的有婚約關係，那她會生氣我也能理解。不過，我們的關係照蕾姬所說的，就像政治結婚一樣……她並不是因為喜歡才來接近我。

蕾姬只是聽從「風」的命令而已（一個不知道從哪裡對她發射電波的東西）。

所以她要是為了這種事情對我發脾氣，就太沒道理了。

不過我這個藉口，帶了一點惱羞成怒的感覺。

……我露出些許不悅的表情後……

「我沒有生氣。」

蕾姬彷彿要對我，以及對自己宣言一樣，再次否定說。

「真的假的？」

「我想金次同學也知道我的外號。」

——機器人蕾姬。

看來蕾姬自己也聽過這個外號。

「就像其他人在背後說的一樣，我——沒有一般人會有的情感。因為風不喜歡人的『情感』。」

「……」

蕾姬所說的「風」……看來是一個幕後設定很扎實的妄想啊。

「所以我不會生氣。而且不會笑，也沒有哭過。」

蕾姬語氣平淡地說完，我……沉默了。

我確實沒看過蕾姬流露出情感。

她身為一個「狙擊手」需要時常保持冷靜。我原本以為是她的專業意識走火入魔，才會導致她變成這樣的……看來事情好像沒那麼單純。

這面無表情的模樣，跟蕾姬的妄想「風」也有關係嗎。看來這是一個根深蒂固的問題。

（不過……）

我覺得在剛才的對話中——

反而稍微窺見到蕾姬流露出情感一面。

她沒有明確地表現出來。而且她現在給我的感覺，還是一樣不太高興。

所以……肯定……

要讓蕾姬人類化，然後靠利馬症候群脫身這件事情，肯定可行。

就這麼想吧。畢竟不這麼想就幹不下去了。

（可是……現在我該怎麼辦呢。）

我似乎惹她生氣了，要是不討好她，就無法靠利馬症候群脫身了。

蕾姬又回到沉默模式。我看著她的側臉，雙手抱胸時……

……

……

啊！

有一隻紅蜻蜓，停在蕾姬的頭上。

連蟲子都會誤以為妳是地藏之類的東西，妳也稍微動一下吧。

我在心中發牢騷，看著頭上停了紅蜻蜓像綁著一條緞帶的蕾姬，偶然回想起貞德說過的話。

『這個嘛──有一個古典的方法，就是送禮物收買她。女性如果收到衣服或飾品等可以穿戴在身上的東西，心理上的距離就會一口氣拉進，然後對你產生好感。這招很有用，假設你和對方吵架，甚至能用這招修復彼此的關係。』

……沒辦法了。

我現在無計可施，就採用貞德的方法吧。

之前我在電視上看到的電影《麻雀變鳳凰》也有購物的場景。

不過……我對京都不熟。

我不知道哪裡會賣那些東西啊。

還是去大阪吧。因為我和大哥之前有去過。

對我來說，帶女生去買東西是不可能的事情……

不過這也是為了利馬症候群。

而且教務科的行程通知，也叫我們去參觀大阪或神戶的都市區域，這樣算是一石二鳥吧。

「蕾姬。」

「在。」

「我們去大阪一趟。陪我去買東西。」

此話一出，蕾姬看著我不知為何定格了一下，接著點頭回應。

我最近稍微能理解她了。我知道她現在散發出一種心情好轉的感覺。

雖然她面無表情，不過拿艾馬基來比喻的話，她現在的狀態就像是尾巴稍微搖了一下。

搞什麼啊……我說「陪我去買東西」就讓妳很高興嗎？女人真是難捉摸啊。

從京都到大阪的心齋橋，坐電車大約一個小時。

這裡聚集了許多年輕人，拿東京來說的話，感覺就像是涉谷或原宿之類的地方。服裝店或飾品店也隨處可見。

要藉由購物讓蕾姬產生利馬症候群的話，京阪神三地大概這裡最好吧。（註9）

我和蕾姬穿著防彈制服，像地鼠一樣走出地下鐵……跟身旁同年紀穿著誇張的年輕人相比，顯得十分搶眼。

「來了是來了……可是我對街頭流行之類的東西，一竅不通啊。」

我半自言自語地說完，

「我也不懂。」

9　京阪神為京都、大阪、神戶的簡稱。

蕾姬也如此宣言，讓我頓時求救無門。

「……」

「……」

這裡果然不是陰沉男和沉默女該來的地方嗎。

（不過，這是為了讓蕾姬產生利馬症候群。）

我再次打起精神，朝繁華的街道踏出腳步。

我的手頭雖然不是很寬裕——但也不是沒半毛錢。

七月的賭場警備任務，減半的報酬已經匯入我的銀行戶頭；另外在暑假中接來賺學分的任務，報酬雖少，不過也已經從武偵高中那邊入帳了。

然而……貞德說的那種「女裝店」雖然隨處可見，不過我對流行根本一竅不通。

我完全想不到要買什麼東西討女生——而且還是蕾姬——歡心。

「蕾姬。妳平常都穿哪種便服？」

因為我不知道，所以直接開口問。

「我沒有便服。」

「……妳只有制服啊？」

「對。」

結果回來的卻一個超乎我預料的答案，讓我更加束手無策了。

傷腦筋啊。那要讓蕾姬自己去逛一下，找看看有沒有她喜歡的店嗎？然後我在那邊的麥當勞殺時間之類的。

不對……放任不諳世故——應該說沒常識的蕾姬獨自一人在外面走，這樣太危險了吧。

這裡好像有男生會找女生搭訕，蕾姬看起來也不知道那些男生的企圖。而且賭場警備的時候，她也曾經和好色的年輕社長起了糾紛。

因此我只好帶著蕾姬，漫無目的地走著。

狗走在路上也會被棒子打到（註10）——我瞄了同行的艾馬基一眼，邁步前進時……靠！

這附近也有幾個的東京武偵高中學生。

男生和我穿一樣的制服，女生則是暗紅色的水手服，所以我馬上就注意到了。

他們也是一樣，火速參觀完神社和寺廟後，就跑來參觀都市……應該說是來玩的比較恰當。這附近還有大阪武偵高中的設施，他們似乎以此為據點在行動。該死。

我不想因為蕾姬的事情又被人調侃——

所以環繞四周，想隨便找一家服裝店進去。

便利商店、俱樂部、貓咪圖案的咖啡廳……鄰近咖啡廳的一家以女性為客群、名為

10　「狗走在路上也會被棒子打到」是日本的諺語，指常出外走走會碰上意想不到的幸運。

「Chaton b」的服飾小賣店，飛進了我的視野中。（註11）

很好，就去那裡吧。

我加速走進店門後——蕾姬也跟了上來。

艾馬基在入口的踏墊處規矩地擦過腳後，也跟上了我們。

這家店看起來很時尚，兩位武偵帶著一頭狼就這樣走進來，不要緊吧。

「Chaton b」也同樣是以貓咪圖案為商標，店內的架子和櫃子皆為木製，似乎想營造出森林的感覺。還刻意用了樹葉或常春藤來作裝飾。

這樣的氣氛……不壞呢。

話雖如此，我還是抱著些許的不安，怕同行的野生動物會被趕出去；不過皮膚曬黑的茶髮女店員，「歡迎光臨！喔——好可愛喔！」卻抱住了艾馬基說。

太好了。這家店似乎允許寵物入內。暫時可以鬆口氣了。

艾馬基也搖著尾巴，一副乖孩子的模樣抬頭看著店員。

真會看場合呢，希望你的主人蕾姬也能跟你看齊一下。

「——抱歉。可以借一步說話嗎？」

我說完，店員一臉問號，立刻朝我的側臉靠了過來，讓我稍微一退。

11　chaton為法文，小貓之意。

「我……因為一些原故，要買衣服給那邊的女生……可是我不知道要送什麼她才會高興，所以可以請妳幫我選嗎？」

這種事情問專家就對了。我對女用服飾只懂「襯衫」、「裙子」、「內褲」這種程度的單字，與其我自己在店內東跑西竄，倒不如拜託店員比較好吧。

我如此心想，老實地將理由告訴店員後——店員大姊露出了奇妙的笑容。

「原故？小哥，是那個吧？你想要卸除她的心防吧？我一看就知道了。她看起來不太好攻陷呢。」

嗚……這個人是以前是幹武偵之類的嗎？居然被她看穿了。

要讓對方產生利馬症候群，必須要卸除對方的心房。

而蕾姬的心防十分難破。我來這裡買東西，就是為了用收買的方式破除她的心防。

我想會被女生狙擊拘禁的人不多就是了。

我看這家店離大阪武偵高中不遠，或許這裡是武偵常光顧的店家吧。

「——說實話，就是這樣。我一直在想辦法解決這一點。」

所謂出門在外，不怕見怪。我說完——

「嘿嘿！你這個色狼。」

店員大姊給了我一個拐子。

咦！這是怎麼回事？

為何我會被人家說是色狼？

「太好了，小妹妹。這位小哥說不管什麼都會買給妳。妳待會要給他親一下喔。」

親、親一下？

是、是怎樣。店員大姊好像誤會了。

她現在臉上的笑容好詭異啊。

「包在我身上！要找出適合客人的衣服這點我是天才。來！小妹妹，把妳的身高和體重告訴我。還有三圍也一起，嘿嘿嘿！」

「一百五十公分，四十一公斤。七十六公分、五十公分、七十三公分。」

「喔——妳好可愛喔！仔細一看妳很漂亮呢。是鑽石的原石啊！」

店員大姊推著答得很冷靜的蕾姬，往店內深處移動。

「小哥你就坐在那邊喝杯『嘎逼』等一下吧。」

「喔、喔。」

「嘎逼」是指咖啡嗎？

我不知道這種店要怎麼逛，所以就照她說的坐到了桌邊的椅子上。看來這裡和隔壁的「Chaton 咖啡」是打通相連的。我一上座，另一位帶著貓咪徽章的店員大姊就面帶笑容，從咖啡店拿菜單出來給我。哇勒！咖啡要另外收錢嗎？

這裡的人真的很會做生意啊。

一旁有好幾對男女正在閒聊，似乎在等什麼活動一樣。女生都提著服裝小賣店「Chaton b」的紙袋，似乎是男方買給她們的。

我這個外地人，被聽不慣的大阪腔包圍，等著等著閒得發慌的時候……

「怎麼樣？」

剛才的店員小姐帶著蕾姬走了過來。

正在喝咖啡的我，看到蕾姬的打扮「咳！」地嗆到了。

這是因為——

她穿著修改成大人尺寸的……幼稚園制服！

「這、這是什麼鬼！」

我拿紙巾擦嘴，連同椅子整個人往後退。

蕾姬頭戴黃色幼稚園帽，身穿水藍色罩衫，一語不發地站在那裡。胸前還很周到地別了一個「蕾姬」字樣的名牌。

不、不對，最重要的是……她的雙腳現在非常不得了。這件服裝只有衣襬忠實呈現了幼稚園服的長度，她穿起來是令人驚愕的迷你裙尺寸。下襠只剩下一公分不到。

而且刺刀鞘也露底劍了（意指藏在裙下的刀劍有一部分露出來。命名ｂｙ白痴武藤）。

「……」

蕾姬還是一如往常，彷彿活生生的假人模特兒，呆站在原地。

（這、這個幼稚園生實在太不討喜了……）

而且頭上還綁了一小撮頭髮，真的就像一個被魔法強制變大的小孩。

「……？」

蕾姬看到我的反應，看了一下自己的打扮。

話說……妳也不要隨便就穿上這種衣服啦。

有些人看了或許會喜極而泣，不過我可沒那種興趣喔。

「小哥，你的反應真棒。不過……這是為什麼呢。我覺得這位妹妹很適合孩子氣的衣服呢。」

「要、要說適合是很適合啦……請換一套不是這種類型的吧……至少要能走在街上……」

我……趴倒在桌上，擠出聲向店員大姊拜託說。

「小哥，這是一個玩笑啦。不過，晚上應該派得上用場喔？嘿嘿嘿！」

晚上……？

妳是說要我拿來當睡衣嗎？穿這種裙子睡覺會感冒吧。

唉呀……看來這似乎是一個角色扮演的玩笑。這也是大阪文化嗎？

出外旅行，真的會碰到許多事情呢。

蕾姬飄動幼稚園裙子被帶進了試衣間。我則在她的身後擦汗。

啊！店員小姐。麻煩妳把試衣間的門簾確實拉上啊。

現在門簾有一道微妙的縫隙，從我的角度可以瞄到裡頭的樣子。

妳可能以為那樣會「照顧」到我，不過對我來說那是一種麻煩啊。

幼稚園服雖然令我大吃一驚——

不過就照店員大姊說的，她真的很會挑選適合客人的衣服。

接著，「這套是森林女孩！」她讓蕾姬穿上一套滿是馴鹿花紋的衣服走了過來……這套也很適合，沒有不協調感。

再來，是一套理子平常穿著那種飄飄然、滿是荷葉花邊的蘿莉塔服（理子總是不厭其煩地教導我，我也終於記住了）。這原本是想裝可愛的女生穿的衣服，但蕾姬穿起來卻像骨董娃娃，叫人入迷。

但是這些衣服在拿狙擊槍時，衣袖看起來會礙事，所以從武偵的觀點來看不是首選……

最後，「下一套是最好看的。」店員大姊說完，從店內深處拿出一套衣服，準備試穿。

還說會免費幫我們化妝，隨後便和蕾姬正式關在試衣間內。

這時我才注意到 Chaton 咖啡內養了好幾隻貓，原來如此，難怪艾馬基可以入內，不過這在衛生方面好像不太好，我思考的同時一邊等待……

蕾姬卻遲遲不出來。

我喝完咖啡無事可做，所以稍微走到外頭後……

忽然想起了**某件事情**，於是到露天商店買東西殺殺時間。

當我回到 Chaton b的店內時，

「……唉呀！妳真的是鑽石的原石呢……」

突然聽到一個驚訝的聲音，從試衣間傳了出來——

門簾刷一聲拉開後，一對穿著白色涼鞋的腳走了出來。

「答答答」地，再次出現在店內的蕾姬……

吸引了店員、Chaton 咖啡的客人、我，甚至是艾馬基的目光。

蕾姬化了淡妝，頭髮梳好做了造型，並換上以白色為基調的無袖連身裙。

(好、好漂亮……啊！)

我坦率地如此心想。

蕾姬穿便服的模樣固然新鮮……

不過就算扣除了新鮮感，她還是一位驚為天人的美少女。

蕾姬的五官本來就端整得有如人造之物，照店員大姊的說法，就像一顆鑽石原石吧。

如果像這樣用服裝或化妝來琢磨一番，她的美貌真的會吸引眾人的目光。

白色布料有一部分用了薄絲綢，在店內燈光的照射下，像剪影畫一樣穿過了蕾姬的身體曲線，更加深了她的透明感。

亞莉亞**打扮**起來可以登上女性流行雜誌的封面，蕾姬……也是一樣呢。

不過兩人刊登的雜誌會有不同的感覺，亞莉亞是大眾閱讀的人氣流行雜誌；蕾姬則是以千金小姐為讀者群的高級流行雜誌。

「………」

即使如此，蕾姬還是沒有特別的表情，不過她瞄向全身鏡的視線，似乎帶有一種滿足感。

嗯，這八成是因為……她覺得這樣不會妨礙到戰鬥吧。

「嗯──那就麻煩兩位結帳了。」

店員大姊似乎覺得我和蕾姬都很滿意，於是拿出了巧克力色的計算機……答答答地開始按了起來。

「連身裙加上涼鞋……貼身衣物上下一套，來！總共是這樣。」

她把計算機擺在我眼前，我看了上頭的數字後……

——嗚喔！

就像有人拿槍指著我一樣，反射性地躲開了計算機。

——好、好貴！

這比 UNIQLO 還要貴上十倍啊！

我付了這筆錢盤纏就會用盡，晚上就要睡馬路了。

這種時候在大阪要說什麼來著。

是「給個折扣啦」？還是「算便宜一點啦」？該死，我要是有事先跟神戶出身的武藤，學這邊的方言就好了。

我的手部動作也像要拔槍一樣，顫抖的手指朝錢包伸去——就在此時。

「金次同學。」

宛如千金小姐的蕾姬，張開了塗著口紅的嘴唇說。

「……？」

她斜眼看了旁邊一眼，我跟著她的視線，看見眼前放了一塊用彩色粉筆寫的小黑板，上頭寫著：

『大受好評！本日下午三點開始，Chaton b & Chaton 咖啡將共同舉辦活動。

☆ Chaton　CALL ☆

優勝者將獲得現金回饋，當天於 Chaton b 購買的商品全部半價優惠！』

我看了手錶，現在剛好兩點五十五分。

抬頭一看，店員大姊的表情像是在說：「你注意到了嗎？」

原來如此。為了參加這個活動——在「Chaton b」買了衣服的男女，才會在「Chaton 咖啡」閒聊嗎。

「蕾姬，過來。妳也喝杯紅茶吧。」

蕾姬走了過來。我聞到她身上的粉底香味，感到有些害臊，同時決定參加那個連內容都還搞不清楚的「Chaton　CALL」。

這個折扣活動，會變成我和蕾姬初次的作戰任務。

我這樣子實在很遜，不過就讓我認真一搏吧。

因為這關係到晚上會不會睡馬路啊。

根據店員所言，Chaton　CALL 是這家店獨創的活動，內容是比賽誰能把走在 Chaton 咖啡的貓咪叫到自己的座位旁，數量最多的人就是贏家。

比賽時間為一分鐘。離開位子就失去資格，也不可以用手抓貓。

參賽資格僅限一男一女的情侶檔，不過我為求參賽只好不拘小節了。

我雖然害羞得要死，不過這裡的店員已經誤會我們的關係，所以我就將計就計，假裝和蕾姬是情侶吧。

『參加情侶名稱：金次和蕾姬。』我用顫抖的手，把名字寫到黑板上。

現在我手頭上的錢，付了蕾姬的紅茶費後又少了一截，已經低於剛才看到的服裝費了。

不知道為何，現在我變得必須要買這套衣服送給蕾姬，既然這樣要是無法取勝，那我這次就不是吃霸王餐，而是穿霸王衣了。

這麼說來，上次在台場的拉麵店也遇過這種事情呢。

蕾姬出生的星相，似乎註定會讓我的錢包陷入危機啊。快把那個星體給我炸掉。

（可是……要叫貓嗎……）

這種任務別說是訓練了，我連想都沒想過。

老實說我沒有勝算。

因為我從小就不受動物歡迎，我也不知道為什麼。這下該怎麼辦。

「那麼大家準備好了嗎？預備，開始！」

咖啡店的大姊無視緊張的我，透過麥克風和揚聲器宣言說。

店內好幾對男女，同時開始呼喚貓咪。有人用嗲聲喊著：「過來過來！」還有人吹起了口哨。

可是貓的警戒心本來就很高。

牠們只是在店內徘徊，不會突然親近陌生人。

「過、過來。」

我也對跟自己四目相接的貓咪招手——但是牠無視於我。

該死。店裡的人也知道這一點，所以才辦這種活動的吧。她們已經預想到貓咪不會和我們親近，所以最後大家都會被淘汰。

從我們從付錢喝咖啡，等活動開始的那一刻，就已經掉入店家的陷阱了嗎。

「要、要趕快想辦法……」

我一臉焦急，而另一頭的蕾姬呆坐在半涼的紅茶前，

「我搞不太清楚，不過只要把貓叫過來就行了嗎？」

彷彿事不關己一樣，開口問。

「對。可是沒那麼簡單。這裡的貓好像被訓練過，不管客人怎麼叫都叫不過來。」

「……」

我小聲說完，蕾姬沉默了片刻後——一個長眨眼，臉上還是一樣面無表情，甚至沒有看貓咪們的方向，

「喵嗚。」

接著如此說道。

……

……喵……

……「喵嗚」……是嗎……？

我沒聽錯。她確實說了。

這句話可以入選「不會從蕾姬口中說出的話」前三名了。太稀奇了。

話說……她說喵嗚兩字，是想要模仿貓叫聲嗎。這一點都不像喔。

她只是像平常一樣，用沒有音揚頓挫的聲音，說了一聲「喵嗚」而已。

亞莉亞在上野學的貓叫聲，反而還比較像樣。那次的叫聲雖然也很彆腳，不過蕾姬爛到這種程度的叫聲，要我模仿我反而還學不來吧。

我感到一陣挫敗，正想舉白旗投降時……

店內的貓咪們突然一驚——

同時抬起了頭來。

「……!?」

我環顧四周，貓咪們一同看著我們的座位——應該說，看著蕾姬的方向比較正確。

接著，貓咪三三兩兩……

「什麼……？」

「咦……！」

服裝店和咖啡店的店員大姊，同時發出驚訝的聲音。

我也一臉茫然，因為桌子下方——

貓迷們……一隻不剩地集合了過來……！

「蕾、蕾姬，妳……」

「這樣就行了嗎？」

蕾姬泰然自若，在她的腳邊……白色、黑色、斑點、虎斑。

貓迷們好像被教主招喚的信徒一樣，聚集在哪裡。

而且好像在跪拜一樣。

這……這麼說來，蕾姬在第一學期……也做過類似的事情。她跟一頭對我們充滿敵意的銀狼說話，對方馬上就馴服了。那頭銀狼就是現在的艾馬基。

蕾姬似乎是一位能夠和動物溝通的不可思議少女。她明明跟人類就無法溝通。

剛才那聲「喵嗚」……

肯定是給貓咪的一種信號，例如「過來。不來的話下場會很慘喔」之類的吧。

不對，從這群貓服從的模樣來看，或許是「不來的話，就會有苦頭吃喔。我會放艾馬基去咬你們喔」這類的強力訊息吧。

「Cha、Chaton　CALL的冠軍是——金次和蕾姬這對情侶檔！」

情、情侶檔？

咖啡店的大姊，請不要用揚聲器那樣大喊啦。

我們只是在假扮情侶罷了，雖然這一點不能讓妳們知道。

「你們以後也要相親相愛喔！我們也會替你們加油的！」

就叫妳別說了。

「我們姊妹會給你們折扣！」Chaton b的店員大姊說話的同時，把半價現金回饋券遞給了我，並且讓其他客人清楚看見。

她想藉此宣傳這家店給客人的折扣不會手軟嗎。真會做生意啊。

話說，原來妳們是姊妹嗎。

「好！勝利的接吻！接吻！」

Chaton 咖啡的店員大姊，帶著自暴自棄的感覺說。

客人也受到慫恿，「接吻！接吻！」地開始狂呼了起來。

……我才不會，請各位見諒啊。

「好、好了，總算是化險為夷了。」

我摸索錢包，並鬆了口氣時——

「——金次同學。」

「？」

蕾姬在大家的掌聲中，連半個和藹的微笑都沒有，突然「咖搭」一聲站了起來。

「請你起立。」

我感到疑惑，起身的同時——

刷！

蕾姬不讓我有時間閃避，立刻縮短了距離，像在跳舞一樣抱住了我的腰部。

「喂、喂……！」

蕾姬的手部動作很強硬，不過從外表看不出來。

她抱著某種意圖，硬是讓我靠近她。

店內的眾人看見蕾姬的唇終於靠近我的臉頰，氣氛高漲了起來。

從一旁看來，蕾姬的動作就像要對我獻吻。此時，她對我低聲私語：

「有人在跟蹤我們。」

——什麼？

「你的視線請不要有不自然的動作。我不知道對方是誰，不過恐怕是S級的專家。剛開始他沒有敵意，現在，卻有很明顯的敵對意識。對方在店外——入口附近監視我們。」

「從、從什麼時候……」

「金次同學，你剛才有走出店門口嗎？」

「有、有啊。」

剛才我趁蕾姬關在試衣間的時候……

走到店外，到露天商店買了一下東西。

「——我想是從那個時候開始的。我穿這套衣服走出試衣間時，就已經感覺到視線了。到了大阪之後，我感覺到有人跟蹤了我們一段時間——之後，我以為已經甩掉他了。」

有人跟蹤我們……？

到底是誰……目的何在？

我故作鎮定地回到座位上——隨手玩弄咖啡杯附的湯匙。

我在偵探科學過。若想防止自己的視線或頭部動作被犯人察覺到的話，可以像這樣，利用能當作鏡子的東西，確認自己的四周。

店家入口的景象，巧妙地出現在湯匙凸面的邊端。

「……」

我窺見到一條暗紅色的裙子，在湊巧吹起的風中飄逸……

以及只有單邊的雙馬尾。

粉紅色的。

（——亞莉亞？）

我一時訝異，不由得轉過身去——

與正在入口處窺視店內的亞莉亞，四目交接。

——答！

亞莉亞看著我和蕾姬，不知為何露出一副世界末日到了的表情，立刻轉身如脫兔般逃離現場。

這個瞬間，我也不知道為什麼，隨即起身——

衝動地奪門而出。

這條街上擠滿了年輕人，要奔跑似乎不大容易，所以我很快就追上了亞莉亞。

「——等一下，亞莉亞！」

「～～～～～！」

亞莉亞想甩掉被我捉住的手腕，激動到無法說話。

幹什麼？她怎麼會氣成這樣？

「你、你就算了！因為我沒跟你說清楚！可是，我明明，有跟蕾姬——有跟蕾姬講得很明白！她應該、應該知道才對！蕾姬！蕾姬——我不會原諒妳！蕾姬這種人……蕾姬這種人！」

亞莉亞情緒激動，讓人聽不懂她在說什麼。

她甩動雙馬尾，對著不在場的蕾姬口出惡言後——

「你也夠了——快放開我！我很忙！我只是去『吳』之前，來大阪武偵高中拿機器材料而已！我已經叫理子和武藤剛氣先過去等我了！」

吳……是廣島嗎？還有理子和武藤？這是怎麼回事，事關香苗女士的審判嗎？

我正想發問時，

「我在忙的時候！」

亞莉亞一記平拳打中我的眉間。

「你就跟蕾姬當情侶！」

然後出腳掃我的下盤。

「幸福快樂地過日子吧！」

踩！

我一眨眼就被她撂倒在地，最後亞莉亞踩了我的臉，消失在人群的另一頭。

「妳、妳這是怎樣……！」

我大叫的時候，艾馬基終於追了上來。

亞莉亞會火速退散，是因為注意到這一點嗎？

不對，不只是這樣吧。

我隱約感覺得到——

蕾姬也在某處看著這裡。

用那把德拉古諾夫的狙擊鏡。

她用那股殺氣，再次逼走了亞莉亞。

啊啊！校外教學Ⅰ的目的在於組織小隊……但是亞莉亞、蕾姬和我之間的關係，卻變得更加險惡。

——已經到達無法修復的地步。

武偵憲章第四條：武偵應當自立自強。遵從此規定，武偵高中的校外教學中，學生必須各自預約旅館。

蕾姬晚上也一定會跟著我，我不想因為那樣被同年級的學生們調侃……因此，我在網路上訂了一間位於京都東北方、比叡山森林方向的鄉間民宿。況且，那邊還准許寵物入內。

我們搭小巴來到 Driveway 旁，在空蕩的夜路下車後……（註12）民宿「蜂之子」孤零零地聳立在眼前。我個人很喜歡它復古的外觀。

如果是普通的女高中生，大概會說：「這種老氣的地方我才不要！」之類的話，不過身穿連身裙、手提紙袋——裡頭裝有制服——的蕾姬……沒有說半句話，不用顧慮她真是太好了。在這種時候。

我喀答喀答地拉開門後，裡頭走出一位意外年輕的老闆娘。

「唉呀呀！歡迎光臨。」

「啊，那個……我叫遠山，有在網路上預約。原本是訂兩個房間的……不過我現在

12　此處的Driveway全名是「比叡山Driveway」，為收費的觀光道路。

的錢有點不夠，可以幫我把其中一間換成便宜一點的房間嗎？」

我說完，穿著和服的老闆娘看了看我和蕾姬……

「唉呀！嗯呵呵！」

隨後用衣袖遮住嘴角，高興地瞇起了眼睛。

……？

「客人，既然這樣只要改成一間不就好了嗎？跟你女朋友同一間。」

老闆娘露出笑容高興地說完，我連忙揮手說：

「不、不是，她不是我女朋友。」

「我是女朋友沒錯。」

我驚訝轉身，在一旁插嘴的人是蕾姬。

妳在多嘴地主張個什麼勁啊。

「站在民宿老闆娘的角度來看，這邊除了她以外只有我這個女生。所以我的第三人稱是她。」（註13）

機器人少女用老師般的口吻，說了一句脫線的話。我正想反論時，

「兩位真是年輕，好純真啊。沙織我猜對了。」

老闆臉做出帶有少女情懷的動作，隨著身後的時鐘鐘擺左右擺動身體，好像在跳舞

13　日文中，女朋友和第三人稱的她用字相同。

似的。

以漫畫來比喻的話，老闆娘——沙織小姐的周圍似乎放出了心型符號。

「啊，不是……這傢伙有點怪怪的……」

我試著想解釋蕾姬的狀況……

「今天沒有其他的客人，我就幫你們準備一間好房間吧。」

然而沙織小姐一個轉身，雀躍地進入了待客模式。

我們被招呼到「西陣之間」。那是一間有八張全新榻榻米的豪華客房。

正如其名，壁上掛著色彩豐富的西陣織綢緞，像壁毯一樣裝飾在那裡。（註14）

綢緞前還有一個大到可以裝人的罈子，提高了房間的高級感。

這房間……非常優呢。優到有點過頭了。

我喜歡和室勝於現代風的飯店，老闆娘能用便宜的價格，為我提供最頂級的客房，這讓我很感謝沒錯……

問題是我要跟蕾姬同房。

我這幾天都住在蕾姬的房間，不過她的房間殺氣騰騰，氣氛上與其說是「一起生活」，倒不如說是在和蕾姬執行「作戰任務」一樣。

14　西陣織：日本京都的一種傳統織布技術。

所以，我才有辦法對自己打馬虎眼。

但如果是外出旅行同寢室，那氣氛上就截然不同了。

「……」

「……」

我和蕾姬坐在木製的矮桌前，享用老闆娘沙織送來的晚餐。料理很美味，不過我卻緊張到不知道自己在吃什麼了。

（傷、傷腦筋啊，這種氣氛……）

我和蕾姬這種氣氛…………

不就好像古早的日本電影中，常見的「因為一些特別的原因，而展開逃難的情侶」嗎？

那種東西大致上都是所謂的成人電影……之後，都會出現令我必須移開視線，然後快轉影片的……激情場景啊。

啊……

（我跟蕾姬沒話題聊……所以才會胡思亂想。）

我往前方瞄了一眼。蕾姬跪坐著，正由右至左吃著膳食，完全不做味道的搭配。

她先把白飯吃光，然後吃了天婦羅，再來是生魚片，最後一口氣喝完味噌湯，絲毫沒有飲食的概念。

「……」

飯後，我和蕾姬一同將快沒電的手機放到電視上，插上各自帶來的充電器。

我手邊沒了手機，真的無事可做……於是我命令蕾姬坐在牆邊，而我則躺在另一頭的拉門邊。

我倆一靜下來，便聽見金鐘兒的鳴叫聲從隔扇窗外傳來……

蟲鳴聲更加突顯了秋天長夜的靜謐。

「……」

蕾姬遵照我的命令，坐在牆邊動也不動。她或許是飯後在休息吧。

……她穿著那身秀氣的服裝，還是一樣坐著雙手抱膝。

我背對蕾姬，正在打盹時……

喀啦！

「抱歉打擾了。」

我眼前的拉門開啟，沙織小姐跪坐在走廊上再度登場。

「——請問膳食合您的胃口嗎？」

「啊！料理很好吃。謝謝妳。」

我完全處於放鬆狀態，慌忙坐正身子。沙織小姐看到我和蕾姬的距離後——

露出了「這樣可不行」的表情。

「兩位吃完飯的話，請享用溫泉。今天只有你們兩位客人……可以獨占整個溫泉呢。」

溫泉……？

從沙織小姐露出了「你要加油喔」的表情來看——

事情的發展，讓我萌生了不祥的預感啊。

我的預感果然沒錯，併設在民宿中的澡堂，沒有男湯和女湯的標示。

換句話說，這裡是混浴吧。

——混浴，溫泉。

這對我來說是最危險的區域。

感覺就像赤手空拳……應該說全身赤裸地要進伊・U的ICBM飛彈庫一樣。

話雖如此，今天天氣炎熱，我有流汗所以也不能不洗澡。

沙織小姐說今天沒有其他客人，所以我暫時不用擔心會被敵人（＝女人）包圍吧。

「蕾姬妳聽好，妳絕對不能跟來喔！絕對不能喔！絕對！」

我在房間對蕾姬千叮嚀、萬囑咐，並隱約感覺到自己像一個在鋪埂的諧星，接著往溫泉出發。

這間民宿有一個令人高興的服務，就是沙織小姐會幫入浴中的客人洗衣服。

因此，我把衣服放入洗衣籃……喀答喀答地拉開了滑門……

先確認裡頭空無一人後，在岩石和竹籬笆的圍繞下走過木頭踏板，快速澆水洗好身體，然後泡到溫泉中。

（……）

這實在是……太舒服了。

水的熱度微溫，符合我的喜好，而最重要的是我能夠獨處，打從心底來放鬆。旅途的疲憊，彷彿要溶解在溫泉之中。

（武偵高中的大家現在在做什麼呢……出來旅行他們一定鬧翻了吧。）

我在緩緩升起的熱氣中，想著班上同學的事情，度過這段時光。

如此這般之際，時間已經是晚上九點了。

高掛在熱氣另一頭的星星，相當美麗。這就叫作風雅吧。

鈴——！鈴——！

樹林間傳來的金鐘兒叫聲。

嗚——！嗚——！

遠方森林傳來的，是貓頭鷹的叫聲吧。好久沒聽到了。

再來，是喀答喀答……

滑門開啟的聲音。

（……嗯……？）

然後是嘩啦的澆水聲。

隨後是走路聲。

（……嗯嗯……!?）

最後是撲通一聲——

某人的腳尖輕輕入水的聲音。

——等一下！

「喂！」

嘩啦！

我下意識站了起來，並接住從頭上掉落的毛巾，藏住了身體的——某個部分，往後退縮。

出現在熱氣後方的人影——

是一位女、女性。

應該說，那個人影不管怎麼看都像蕾姬。

溫泉旁邊的大石頭上，還靠著一把德拉古諾夫。

而且很理所當然的，她衣不蔽體。

蕾姬的體格就像國中生，就算拍馬屁也說不上是發育良好……

然而她在熱氣稀薄之處，若隱若現的身體曲線，卻描繪出女子該有的柔順曲線。

這樣比較或許不對……不過她的身體，比亞莉亞還要凹凸有緻。

她的腰部和胸口，就像尚未熟透的李子或蘋果。且腰圍纖細。平常看似陶瓷人偶的肌膚，現在也因為水氣而顯得光滑濕潤，泛著些許的紅光。

「蕾、蕾姬……！」

──蕾姬不是機器人。她是人類。而且很明顯是一個女人。

她平常給人的感覺不像人類，更別說是像女性了，正因如此……她這樣的舉動，讓我猛然體會到一件事情，蕾姬是女性。同時，我也感到自己違反了倫理與道德。

但是──

既然這樣，這是何解？為何她可以毫不在乎地跟我一起入浴呢？我們可不是那種不會在乎彼此性別，跑到浴室玩水槍的小孩喔。

唯一值得慶幸的是……多虧熱氣的關係，我看不見三公尺外的蕾姬，身體細部之處。

現在我只能祈禱周圍濃密到不自然的熱氣，不要因為某些原因而突然消失。

「我、我不是叫妳不要過來嗎！妳幹麼……」

我如此說完，蕾姬被短髮包覆住的小臉，朝我轉了過來。

「對。你是這樣命令我的──可是我感覺到危險，所以來保護金次同學。」

最危險的人就是妳啊！

我看著不容分說就闖入溫泉的蕾姬，再次泡入水中藏住身體。

冷靜下來……冷靜下來……金次……！

爆發模式的板機，簡單來說就是自己的心。

憑藉心中的一個念頭，就能……加以控制才對！

很好，就以一般論來思考。思考入浴這件事情的本質。

入浴是為了保持身體的清潔，去除內心的壓力。

本身並沒有不健全的動機。完全沒有。

「保、保護？為什麼？要保護什麼啊……！」

我把毛巾纏在腰際上，抱著必死的決心在浴池中站了起來。

接著一面調整呼吸，把臉背過去，沿著竹籬笆要往出口走去……

嘩啦！

此時蕾姬激起的水聲——她似乎面朝我的方向——讓我心頭一顫。

「——因為我感覺到一股不好的風向。請不要遠離我。」

我感覺到一股不好的血液流向，無視蕾姬的話離開了溫泉。

隨後我深呼吸的同時，確認身體「中心」的狀況……

太、太好了。安全上壘。這個困難我也克服了。

蕾姬的確是一位美少女。可愛如小動物一般。而且還有一種說不上的神祕感，以及不可思議的魅力。

然而——從實際情況來看，蕾姬**很難讓我進入爆發模式**。

理由我不清楚，但是她曾經讓我進入過一次，警戒不可怠惰啊。

我洗澡的時候，沙織老闆娘把我的衣服洗好烘乾了。

我心懷感謝地再次穿上制服，回到「西陣之間」後，注意到一件會讓「不好的血液流動」增強的事情……

因為地上鋪著一床大棉被。

只有一床。

上頭有**兩個**枕頭，親密地擺在那裡。

（這是沙織小姐幹的好事吧……！）

這個狀況實在讓我的心七上八下，這幅景象所代表的意思連我都看得出來。

我急忙打開壁櫥，發現裡頭空無一物，沒有多餘的棉被。

（該怎麼辦……！）

該怎麼辦？金次。一波未平一波又起。

棉被和枕頭看起來很舒適，蓬鬆到會讓人上天堂一樣；不過如果只有我鑽進被窩，讓蕾姬睡在榻榻米上的話……我心中的罪惡感，會讓我得胃潰瘍啊。

但如果我和蕾姬一起睡的話，天堂就會變成地獄。

那是一種，光是思考就會讓我半進爆發的糟糕行為。

可以各自睡在棉被的邊際嗎……？

我把枕頭左右分開放，並試著在腦中模擬我倆就寢的狀況……不、不行。這種距離，只要一個翻身事情就大條了。

最重要的是，我不能穿著防禦萬全的C裝備入睡。

眼下放在枕邊的睡衣，是浴衣。

——浴衣很危險。因為要脫的話很快。

況且我的睡相比一般人還要差。我幼時在星伽神社過夜之際，曾穿著浴衣就寢過……結果一覺起來，我和睡在隔壁的白雪、霧雪、風雪、粉雪（當時還只是四姊妹）有如智慧環般整個糾纏在一起。當時我們的胸部和四肢，全都裸露在浴衣外。

現在我和蕾姬兩人獨處，要是重現了當時的景象——

那麼我在深夜或凌晨，當我進入爆發模式之後，恐怕會真的做出要去登記結婚的重大事件。

那種危險我可冒不得！

我拿起一個的枕頭，就像通信科驚慌失措的中空知一樣，在棉被周圍打轉時……

——刷！

蕾姬打開了拉門。她身上也一樣穿著制服。

我完全沒感覺到她的氣息，因此被殺得措手不及，把枕頭像沙包一樣拋了兩三下，

「啊！沒事，只有我們兩個人的話，想打枕頭戰也沒辦法吧。」

接著，我說了一些連自己都感到莫名其妙的話，盡可能地假裝鎮靜，把枕頭收進了壁櫥裡。

喂，手！我的手，不要發抖！

總之，現在不要讓話題轉到棉被上……我如此心想，

「對、對了……艾馬基怎麼了？」

便岔開話題說。語氣也是一樣很不自然。

另一方面，蕾姬則把狙擊槍像拐杖一樣抱著……自顧自地在牆邊雙手抱膝坐下。

「——牠在室內。」

「室內？」

我就是因為沒看到牠，所以才問的啊。

唉……唉呀！算了。反正我已經暫時阻止蕾姬提到棉被的事情了。

艾馬基要是在的話，也只會欺負我而已。

「……」

我隱藏心中些許的動搖，坐在和蕾姬相反邊的牆壁處。

這……真是一幅奇怪的景象啊。一對男女中間隔著一床大棉被，各坐在左右的牆邊。這樣反而讓我強烈意識到棉被只有一床啊。

（好、好尷尬……）

尷尬快爆炸了。

以前被迫政治結婚的人，也是這種感覺嗎。

話說，蕾姬到底想做什麼？

她不可能沒看見這床大棉被吧。

不過，要是妳打算跟平常一樣坐著睡的話……那就抱歉了，我可是會睡在被窩裡。這樣對妳很抱歉沒錯，但是我是就事論事。要懲罰我得胃潰瘍就來吧。

「妳在這邊，那個……一樣要抱著槍坐著睡覺嗎？」

我耐不住沉默，開口說完——

旋即注意到自己的說法有問題。

剛才這句話，也可以解釋成我在引誘蕾姬。「不要那樣睡」→「所以一起睡吧」要是被她曲解成這樣，那可就無法挽救了。失敗！

然而，我的擔心似乎是杞人憂天……

「對，我要隨時備戰——風是這樣命令我的。」

蕾姬看著斜下方的榻榻米，如此回答。

這就表示……妳要坐著睡覺囉。很好很好。

我時來運轉了。

「是風的命令嗎，那妳就貫徹命令吧。」

「是。不過……」

「……？」

「風還有另外兩道命令。其中一樣我還沒執行。」

「什麼東西？」

我一皺眉——

蕾姬立刻起身，沒發出半點聲響。

「就是守護風，生育烏魯斯的子孫。」

「烏魯斯的子孫……？」

「就是金次同學和我的小孩。」

「……！」

妳要在這種狀況下……

把那個話題拿來冷飯熱炒嗎……！

蕾姬步步走到棉被上——

啪嚓一聲，拉熄了自天井垂下的木框照明。

房內頓時暗了下來，蕾姬的雙眸浮現在窗外滲入的星光中……

朝我瞪了過來。

宛如在與之呼應一般，空咚……！

掛軸下的大罈子倒了下來，一頭銀色的野獸從中竄出。

原、原來艾馬基躲在那裡嗎。

接著，

「嗚……？」

艾馬基強推硬擠，

硬是把我逼到蕾姬的腳邊。

喂、喂！快住手。這、這樣會出事啊……！

剛才我以為自己走運，其實運勢根本沒來啊。

不僅如此，我轉眼間還陷入了大危機。

現在我眼前是蕾姬柔韌的雙腳，身後是齜牙裂嘴的艾馬基。

話說，這種狀況。我也不是很清楚啦，不過這種「霸王硬上弓」的場景……一般來說，角色是不是男女顛倒了？

「另外——還有一道命令。」

蕾姬突然壓低聲音，朝我蹲下。

什、什麼？

「——就是保護金次同學。」

語畢，啪——！

蕾姬使盡全力，以平常無法想像的力道朝我壓了過來。

「嗚……！」

我多虧了枕頭沒撞到後腦，但卻被蕾姬緊抱住無法起身。

蕾姬把自己的胸部住我的頭貼，從上方蓋住了我——

就在我腦中一片空白，滿臉通紅之際。

咻——噗咻！嘩啦！

一道聲音劃破空氣後，緊接著有一樣東西貫穿了拉門。

隨後走廊上的窗戶碎裂，聲音響徹在黑暗之中。

「——!?」

咻！

嘩啦！嘩啦、嘩啦！

窗戶破裂的聲音接連不斷。

喀答……隔扇窗因為子彈接二連三的衝擊而脫軌。

咻！咻！

我和蕾姬放在電視上的手機，遭到精準的狙擊。

那發子彈更加得寸進尺，啪沙……！

打壞了拉門，令它像陀螺般旋轉倒下，撞到了牆壁上。

裝飾在牆壁上的編織物，往地上飄落。

鮮豔的綢緞朝縱向、橫向和斜方張開，蓋到了我和蕾姬身上。

「——是狙擊。」

蕾姬的聲音讓我臉色發青，隨後——

磅……磅……！磅……磅……！

我的耳中聽見了好幾道槍聲，迴盪在遠方的山中。

那是——剛才這陣狙擊的槍聲吧。

狙擊槍的子彈是超音速。換句話說，子彈會比聲音早到。

蕾姬剛才會壓住我——似乎是為了保護我不被狙擊。

不過……是誰？為什麼要開槍？

槍口為何瞄準我們!?

「——Remington M700。距離是2180公尺。射擊來自山岳方向。」

蕾姬語氣平淡，憑槍聲就摸透了槍枝型號和距離。

我聽到這數字，不禁瞠目結舌。

（……2180公尺……!?）

蕾姬的絕對半徑是2051公尺。

在東京武偵高中的S級武偵當中，堪稱是最遠的射程距離。

然而現在狙擊我們的，卻是距離更勝於她的超一流狙擊手。

而且裝備是Remington M700。

那把是世界上信賴度最高的狙擊槍。

「這裡很危險。我們的位置被敵人摸得一清二楚。到屋外去吧。」

蕾姬身上蓋著絢爛的綢緞，我從她的身體下方爬離。

剛才那陣槍擊打爛了棉被，羽毛在室內亂舞飛散。

「妳說的敵人……是誰啊！我們怎麼會被他盯上！」

我自己心裡……也不是沒有底。主要是有關伊・U的事情。

但是如果是伊・U的殘黨，手腳也未免太快了吧。

蕾姬沒回答我的問題，揮開了布塊——

同時抓住德拉古諾夫的握把，雙眼在黑暗中閃爍著光芒。

有如機器人的雙眼。

我、蕾姬和毛髮倒豎的艾馬基，跑離了正在打電話報警的沙織小姐，

從後門——狙擊手看不見的死角來到屋外。

就在此時，

「遠山金次　蕾姬　你們兩個　投降吧。」

不知從來傳來一陣拼湊出來的人工聲音。

（……!?）

這是……現在網路上熱門的虛擬人聲。而且是那對姊妹的聲音。（註15）

我注意到這一點時，身旁的蕾姬刷地，將德拉古諾夫對準天空——

磅！

朝夜空中開了一槍。

漆黑的空中一陣光芒炸裂，宛如小型的煙火……

接著，我看見一架塗成黑色的遙控直升機，朝著Driveway的方向墜落。

說時遲那時快，啪啦、啪啦、啪啦！

連續好幾發子彈飛散在我們四周，宛如在迎戰蕾姬一樣。

「還有其他直升機嗎！——沙織小姐！不要離開建築物！」

15　這裡的姊妹意指MEIKO和初音。

沙織小姐拿著手機走到外頭，我連忙把她推回屋內。

戶外再次彈如雨下，不過我們千鈞一髮，沒有中彈。

來自上方的槍擊——準頭很差。對方想要壓低聲音，所以才會選用輕型的遙控直升機吧。結果這反而降低了準度，因為輕型的機身承受不住開槍的反作用力。

不過有句話叫亂槍打鳥有時中。在這種掃射下，地板造成的跳彈也很危險。

子彈如狂風暴雨般傾盆而下，旅館的屋簷和柏油路面的停車場，接連留下了彈痕。

「——我是一發子彈——」

——磅！磅！磅！

蕾姬朝上空開了三槍。

從停車場，往黑暗中射擊。

她每開一槍，空中便會傳來炸裂聲……我看見遙控直升機拖著煙尾，逐漸墜落。

「你們要是敢逃　我就破壞旅館……殺了沙織小姐　啊哈哈　啊哈哈哈哈哈哈。」

直升機傳來的聲音斷斷續續……不過對方聲明要做出無差別攻擊。

我不能讓沙織小姐受到牽連。

反正，我打從一開始——就不是很想逃走。

「已經沒有直升機了。我們從旅館後方進森林，再調頭去反擊吧。」

蕾姬拿低狙擊槍，並開口說。

我點頭回應，同時對敵人的襲擊感到更難以理解。

虛擬人聲的威脅。附有衝鋒槍的遙控直升機。

這個手法，我永遠不會忘記。

這跟在四月襲擊我的「武偵殺手」——理子的攻擊方式如出一轍！

但是這不是理子幹的吧。

來自2180公尺外的狙擊，勝過了蕾姬的絕對半徑。

這種狙擊是超人等級的驚人技巧，只有狙擊高手才辦得到。

犯人肯定是從小就一直進行狙擊專精訓練的專家。

就算理子會用狙擊槍，從她的經歷來看，她不可能會變成狙擊技巧如此高明的專家。

況且，我和理子雖然沒有任何約定……但我們現在處於休戰狀態。說到底，理子的目標是「我和亞莉亞」這對組合，並不是**我和蕾姬**。

還有——

敵人會指名「我和蕾姬」這點也是個謎。

剛才我一度懷疑這是伊・U殘黨的襲擊，但如果是他們……要找應該也是找想要揪出他們替香苗女士脫罪的亞莉亞，或是夏洛克的仇人——我才對吧。

蕾姬在伊・U一戰中只擔任過支援的角色。不能說她完全不會遭人憎恨，但是以目標來說，她的優先順位理當低才是。

——我搞不懂。

這個敵人到底是誰？

你……為什麼要攻擊我們!?

我和蕾姬穿過停車場，藏身在樹叢的陰影處——

隨後經過樹林，往更深處的林中走去。

林內的溼度很高。地面凹凸不平，覆蓋著泥土和落葉的味道。

我先是將視線放低，注意高低起伏的地面。

（……好暗……）

但越往森林深處走，視野就變得更加漆黑。

今晚雖然有星光，但在森林樹木的遮蔽下，僅剩下零星的光芒。

「蕾姬。稍微——」

我正想要蕾姬走亮一點的地方時，蕾姬轉過頭來。

接著把食指豎起放在嘴前，做出了「安靜」的動作。

……於是我先把話往肚裡吞，當我靠近她之後……

蕾姬突然墊腳，在我耳邊呢喃：

「請放低聲音。我想敵人有集音器。剛才金次同學叫了老闆娘的名字，要她小心之後——敵人也跟著喊了她的名字。」

……這麼說來，的確如此。

老闆娘的真實姓名連網路上都沒有寫，虛擬人聲卻指名道姓地說了「沙織」。

我點頭回應——

隨後以艾馬基做前導，和蕾姬走在森林中。

不過，不習慣這種環境的我……不久便開始上氣不接下氣，也失去了方向感。星光就像穿過樹蔭的日光一樣微弱。我感覺自己只是在星光下，到處徬徨。

另一方面，蕾姬的呼吸絲毫未亂——走起路來，彷彿有一個明確的目標。

「妳要去哪？」

我小聲問了幾乎沒有腳步聲的蕾姬。

「我從敵人剛才的狙擊地點，反推測對方的位置——然後在找適合從這裡狙擊他的地形。」

「地形……」

我聽說狙擊手之間的交鋒……就像在搶陣地一樣。

能搶到適合狙擊，可清楚看見敵人而不易被敵人發現的一方，將會壓倒性的有利。

「妳要怎麼掌握這座山的地形？手機……被對方打爛了，妳有其他的ＧＰＳ裝置嗎？」

「GPS上的顯示會有誤差。我的記憶比較正確。」

「可是妳沒看過這裡的地圖吧？」

「剛才搭公車來旅館的時候，我已經看過地形了。」

……真不愧是S級武偵。

跟在公車上用手機逛電影網站的我截然不同。蕾姬那段時間在我身旁發呆的同時，已經確實記下了周圍的地形。

「……？」

突然……我感覺腳下踩到了泥濘……

這時我才終於注意到，我們的前方有水。

從細微的水聲來看……好像是一條淺河。

蕾姬的夜視能力似乎很好，只見她像渡水的妖精一般，腳步輕快地越過了河川。

看來河上有岩石或斷木，從上方可以渡河。

我不能被河水弄濕身體，那樣會害我的動作變得更加遲緩。我在強襲科曾學過野外訓練的一點皮毛，我回想起課程的內容，大幅壓低身體，注意腳邊的情況小心翼翼地渡河。這樣一來，就算是在一片漆黑當中，也能多少看見身旁之物。

我渡過長苔的石頭和朽木，設法走到了對岸後……

早已渡河的蕾姬，在巨木旁對我招手。

我走到她的身旁，仰望這棵看起來像樟樹的巨樹。

巨樹大而廣闊的根部被常春藤覆蓋住，與大地融為一體。我對植物並不熟悉，不過他的樹齡……應該有一千年以上，算是森林中的神木吧。

蕾姬想以他的樹幹和樹根為盾，跟對方交手嗎。

神木，不好意思了，把你捲入這場戰鬥當中。

「好……妳從這裡要怎麼做？」

我坐在大樹的根部，從腰際拔出貝瑞塔檢查了一下。

不過，我的貝瑞塔完全派不上用場。在這場戰鬥中——不管是這把槍，還是我都一樣。

「我要在這邊待機和搜尋敵蹤，等候狙擊的機會。」

搜尋敵蹤……？

周圍一片漆黑，根本什麼都看不見吧。敵人和我們一樣，都在這座山中喔。

「金次同學，請你把手錶藏好。」

「……為啥？」

「因為手錶上面的螢光塗料，可能會害我們被敵人發現。」

「鬼扯蛋，這種螢光誰看得到啊。」

「我就看得見。」

從不說謊的蕾姬，一臉嚴肅地說完，我……不禁吞了口口水。

敵人——是和蕾姬同等，抑或是在她之上的優秀狙擊手。

這就表示，如此細微的光芒都有可能會被對方察覺到嗎。

「敵人恐怕有微光夜視瞄準鏡。不然應該沒無法對我們夜襲，而且也不可能從那麼遠的地方，看見塗黑的遙控直升機。」

微光夜視瞄準鏡是指裝在狙擊槍上的夜視用狙擊鏡。

我以前曾經請人讓我一窺究竟。

那東西真的能讓只有星光的夜晚，看起來像白晝一樣。

「……妳的狙擊槍有夜視之類的功能嗎？。」

我脫下手錶，同時指著德拉古諾夫的狙擊鏡說。

蕾姬左右搖頭——

「這個狙擊鏡的夜間功能，只有夜光瞄準線。」

夜光瞄準線是指，射手在瞄準時能看見瞄準線發光……姑且滿足夜間瞄準需求的原始裝置。

雖然聊勝於無，但是在配有夜視用瞄準鏡的對手前，就像矇著眼睛在打仗一樣。

我皺眉的同時——

腳邊的艾馬基豎起耳朵，站了起來。

接著，他瞪視漆黑的森林深處……消去腳步聲，走了過去。

「……喂……」

我小聲呼叫，但蕾姬用手制止了我。她跟艾馬基看著同一個方向。

「……」

……什、什麼狀況。

發生了什麼事？不要不說話，解釋給我聽啊。

——艾馬基刷一聲劃破空氣，開始奔跑。

我聽見「呼吼！」的鼻息聲——那不是艾馬基的聲音。

「……!?」

此刻，我看見一條黑狗朝銀狼撲去。

那是中國的鬥犬——沙皮。先前亞莉亞看的動物節目曾經介紹過，是一種凶惡的狗，中國人還把他當成獵犬和軍犬使用。而且他似乎還是改良品種，體型遠比電視上看到的大上許多，其尺寸能輕易咬斷人類的手腳。

「——！」

我慌忙舉起手槍——啪！

蕾姬在同一時間想架起狙擊槍，但我的手肘卻猛力撞上了她的槍。

嬌小的蕾姬因此失去平衡，單膝跪在樹根上。

我也被常春藤絆到腳——跌倒壓在她身上。

——磅！

（嗚……！）

前傾的衝擊，使得調成單發射擊的貝瑞塔，朝地面浪費了一發子彈。

就在此時——艾馬基和沙皮狗像太極圖一樣，開始扭打在一塊，讓我無法開槍插手。要是開槍，可能會誤射艾馬基。

既然這樣，就算只有威嚇射擊也好。我如此心想，想要起身的時候——嗚喔！

這次我和蕾姬的腳打結，又跌回樹根旁。

「嗚……！」

我們在搞什麼鬼。該死。

蕾姬和我——幾乎沒有像這樣一起戰鬥過。

我在強襲科和她組隊時，她是負責遠距離支援，因此我和她一同經歷過的肉搏戰……只有台場的賭場警備那一次。

一言蔽之，**我們沒有默契**。

（如果……是亞莉亞的話……！）

我的腦中——浮現出亞莉亞拿著短日本刀，二話不說衝上前用刀背把鬥犬打得落花流水的身影。不過她勁頭過猛，有幾下K中艾馬基就是了。然後我在一旁，用常春藤把剩半條命的鬥犬綁起來。要是跟她一起的話——我們應該可以合作無間的說。

——磅！磅！

蕾姬在我下方，朝一旁伸出德拉古諾夫開槍。

「！」

飛過眼前的彈殼，以及德拉古諾夫發出的獨特金屬聲，讓我瞬間閉上雙眼。

當我的眼睛再次睜開時……

黑狗似乎一口氣虛弱了下來。

「——艾馬基，放開那隻狗。他已經無法再戰。」

蕾姬在我下方命令完，艾馬基刷地蹬地後退。

銀狼和鬥犬取出距離，發出「嗚吼吼吼吼！」的威嚇聲……

而黑狗則……跳步逃離了現場。

「……妳開槍了嗎？」

「對，子彈掠過了他的兩隻後腳。」

「那條狗……八成會逃走喔。逃回飼主那邊。要是這樣，我們的藏身處就會曝光。」

我是沒打算叫妳殺了他啦，可是那樣……沒問題嗎？」

「金次同學剛才的槍聲，已經讓敵人察覺到我們的位置。所以我也開槍了。」

……是、是嗎。剛才跌倒的誤射，已經讓位置曝光了嗎。

敵人的手邊好像有集音器。這麼一來，蕾姬說的或許沒錯。

我扯了蕾姬的後腿。

「你不用在意。那隻狗很強悍。艾馬基想要咬住了他的喉嚨讓他安靜，然後用爪子拆掉他身上的發信器——不過沒辦法馬上成功。那條狗要是一直停在這裡，敵人就會發現我們的位置吧。」

「發信器……」

我完全看不見……是那樣嗎。

這時艾馬基面露疲態，踉蹌地走了回來。我定睛一看……他也受傷了。

他和沙皮狗扭打之際，似乎有幾處被咬中。本來漂亮的銀毛，多處被鮮血染成了紅色。

如蕾姬所言，那條鬥犬相當強悍啊。

這時，森林中還傳來了狗的遠吠聲——彷彿在回報已經發現到我們的位置。大概是剛才那條狗吧。那是一陣會引發恐懼感的粗壯吠叫聲。

「……要移動嗎？位置被發現的話，我們會有危險吧。」

我正想起步時——

蕾姬拉住了我的腰帶。

「不能動。」

「……為什麼？」

我皺眉說完——

蕾姬從口袋中拿出盒裝的卡洛里美得……啪一聲打開了它。

接著她抽出盒中物，從腳邊撈取泥土塞入空盒內。

「……妳在幹麼？」

我問。

蕾姬在我身旁，把裝有泥土的盒子，往樹旁一拋。

——咻——!!

盒子脫手後瞬間彈開，泥土在空中飛散。

這副景象，讓我背脊發寒。

那個巴掌大小的盒子——被狙擊了。

「我們從兩旁離開樹木的瞬間，就會立刻被狙擊。我們已經動不了。」

……磅……

蕾姬說完，遠方緊接著傳來槍響。

「如我所料，敵人狙擊完旅館後，就再也沒移動過。他距離我們2050公尺。也在我的射程之內。」

「……能夠從2050公尺外的地方……擊中卡洛里美得盒子的狙擊手嗎。」

這下無計可施了。至少我是如此。

我在這場戰鬥中，只是一個包袱吧。

就算我現在是爆發模式，也贏不了對手。

「……對手是一個強敵呢。雖然我不清楚他的底細。」

「敵人確實是一個狙擊專家。個性上，相當有自信。」

「……為什麼妳會知道對方的個性？」

「因為他剛才開槍射盒子。這表示他想告訴我們：『就算我開槍暴露了自己現在的位置，我也是勝券在握。』」

「……」

「同時，他還會依賴先進的機器，是一個相當具有邏輯的人物。」

「——妳居然能推理出這些，佩服佩服。可是知道對方的個性又怎麼樣？槍戰要靠射擊技巧來分勝負吧。」

我說了一個強襲科風格的意見後，

蕾姬搖頭否定。

「狙擊手之間的交鋒，要先讀出對方的人格，再決定攻擊的方式。」

「人格……？」

我不懂那種東西要怎麼活用在戰鬥之中……

不明白這點，就表示我在分析敵人的個性上也派不上用場吧。

我就跟艾馬基一起警戒，注意看那頭獵犬有沒有再攻過來吧。

如此心想的我，夾雜著嘆息聲坐到樹根上時——

「——這場戰鬥會變成持久戰。吃點東西吧。」

蕾姬剛才從盒中抽出兩個裝有卡洛里美得的袋子，現在她把其中一個遞給了我。

原來如此。我現在知道蕾姬為什麼只吃這個了。

這個營養餅乾很像戰鬥口糧。蕾姬常常隨身攜帶它，以讓自己能隨時應付這種持久戰。

她真不愧是行住坐臥，甚至連睡覺都在備戰的人啊。

我們不能背對這棵樹，直直走一條線逃走嗎？我用外行人的想法問蕾姬說，但這個主意立刻就被她否決了。

這也很自然，這裡是森林。

我走著走著，要是想避開樹木或岩石，而稍微往左右一偏，腦袋就會像剛才的紙盒一樣。

現在的安全範圍，只有這棵樹的後方，到河岸的附近而已。

因此我和蕾姬吃完卡洛里美得，撈了河水來飲用……

接著就在大樹的根部待著。

……十分……三十分……一個小時……

我們……什麼也不做，只是等待。而敵人也是。

兩個小時……三個小時。

時間已經過了午夜十二點。

季節雖然介於夏秋之間，但森林中隨著時間逐漸變冷。

戶外的空氣緩緩奪走了我的體溫，令我虛脫。

出毛病的不只是身體。待在黑暗中動也不動，讓我本能地感受到睡意……我不停驅趕睡意，心情也跟著浮躁了起來。

我知道自己的精神力，正隨著時間逐漸被消磨殆盡。

至今——我和犯罪者之間的戰鬥……

都看得見敵人。

就算敵人藏起來，我也能用手槍強襲，把對方給逼出來。

然而，這次的敵人是狙擊手。**我看不見敵人**。而且不像蕾姬那次一樣被追著跑，而是被敵人盯住陷入持久戰。還持續了好幾個鐘頭。

人類沒辦法長時間維持緊張感。

但是，我必須要維持下去。

因為緊張感要是中斷——我就會有生命危險。

……畜生。

（這也叫……戰鬥嗎……）

我可沒經歷過這種打法。老實說，我已經到極限了。

現在我很想豁出去——立刻拔腿，逃離這個地方。

另一方面，蕾姬則……動也不動地看著我。

而艾馬基在舔自己的傷口，表情虛弱。

還沒嗎……還不行動嗎？

就這樣，當時針過了深夜一點時——

「……」

蕾姬有動作了。

她從裙中抽出刺刀，裝在德拉古諾夫的刺刀座上……

接著，她抽下制服的領巾，垂綁在刺刀的刀尖上。

「……妳要做白旗的話，我的襯衫可以借妳。」

我硬是打起精神，開玩笑說。

蕾姬瞄了我一眼後，輕輕地……把領巾往樹的外面伸。

這時一陣橫風吹過，領巾在巨樹外側飄揚的瞬間——

咻！咻！

有某樣東西，快速掠過了領巾。是子彈。

幾秒鐘後，遠方再次傳來含糊不清聲響。兩發。

——對方開槍了。

他的精神力也實在了得。這三個小時半一直在瞄準我們嗎。

「……是從同一個地方狙擊的嗎？」

「對。從襲擊旅館之後，對方似乎沒移動過。那邊大概放有微光夜視瞄準鏡和集音器之類的器具，所以不打算離開那個據點吧。」

「就算被我們知道位置，也毫不在乎嗎。這也未免太有自信了吧。」

「似乎沒錯。剛才我送了一個的訊息過去，不過被退回來了。」

「訊息？」

「就是宣示我的技術。我剛才在那頭獵犬的雙腳上，留下了長三公分、深三公厘的傷口。傷口離地面的高度也是三公分。而且左右兩邊的傷口幾乎完全一樣。」

左、左右兩邊的傷口幾乎完全一樣……？而且傷口刻意弄淺，讓狗可以走路嗎？

那種事情，就算是爆發模式下的我也辦不到。大概吧。

事……事到如今再驚訝也很奇怪……不過，妳到底要神童到什麼地步啊。

蕾姬攤開防彈領巾……我看見上頭有一個X字的皺褶，八成是剛才的兩發子彈所造成的。

兩道銳利交叉的直線……長度看起來完全一樣，皆為三十公分左右。

——『這種程度我也做得到。』

敵人是想傳達這樣的訊息吧。

「怎麼辦？要在這裡撐到早上……等警察搜山來找我們嗎？雖然我不知道他們會不會來搜山啦。」

我一問，蕾姬搖頭回應。

「看來不可行。因為對方急著想要分出勝負。」

她瞄了森林的方向一眼。

這……這次又是在說什麼啊？

「金次同學。請你利用我，進入ＨＳＳ——爆發模式。」

妳……

妳說……什麼？

「不管這場戰鬥的結果如何，**現在的你**都無法逃離這座森林。」

「……等、等一下。要我進入爆發模式……我不知道妳從哪裡聽到的，我是因為妳知道才會這麼說的啦，要進入爆發模式的話……」

蕾姬說了一個出乎我意料的計畫，讓我一時語塞。

「──我被怎麼樣都沒關係。如果是你的話。」

她說完，放開了手上的領巾。

飄浮在黑暗中的暗紅色領巾──

朝她的腳邊緩緩落下，似乎帶了某種深遠的含意。

「我們沒什麼時間，你做得到嗎？」

蕾姬……啪一聲，背靠在大樹幹上，凝視著我。

「時間……？」

「接下來，我會和敵人互射。」

「……！」

「如果我當場死亡或是受傷的話，請你丟下我自己離開。到時候，請把這把槍的狙擊鏡拆下來帶走。這副狙擊鏡有內建相機，它會記錄我在狙擊瞬間看到的景象──你可以確認敵人的樣子。」

「喂……」

蕾姬連告知自己的身後事，都說得很冷靜。我藏不住心中的困惑。

然而，她的語氣中不容爭辯，又續道：

「我有三種狙擊槍用的武偵彈。」

——武偵彈。

它和普通的子彈不同，是一種只在超一流武偵之間流通的特殊強化彈。

每發子彈都是由子彈工匠親手製造，一發的價格不下一百萬日幣……除了大哥在伊．U一戰中給我的炸裂彈和閃光彈之外，還有燒夷彈、音響彈……等，種類各式各樣。

蕾姬帶著那種東西出外旅行嗎？

「接下來，我會發射兩發武偵彈，第三發會用普通子彈，射擊結束後——我們就逃離這裡吧。」

蕾姬簡短說完必要事項後，拔下德拉古諾夫的彈匣，從中取出兩發子彈。

接著從制服口袋中拿出另外兩發子彈，「喀喀！」將其塞入彈匣中。

那大概是攻擊用的武偵彈吧。

「金次同學，趕快進入ＨＳＳ……爆發模式——已經沒有時間了。」

蕾姬輕輕裝上彈匣，似乎察覺到了什麼，催促我說。

可、可是。

就算妳要我動作快……

「那種事情，在這種狀況下……」

蕾姬撿起領巾，重新綁好，閉上了伶俐的眼睛。

彷彿在說我——「沒骨氣」一樣。

「那就改變計畫吧。已經到危險距離了。我一定會射中對方。之後再請你進入爆發模式……逃離這裡吧。」

蕾姬不容分說，語畢便背靠樹木——

「……我是一發子彈。」

彷彿在祈禱一樣，開始呢喃那句話。

「子彈沒有人心。故不會思考，」

過去她用狙擊支援我時，那聽起來十分可靠的聲音——

「只會一昧地朝目標飛去……」

現在卻讓我產生一股莫名的不安。

——蕾姬——

蕾姬手拿德拉古諾夫，翻動裙子朝右後方一轉——

現身在樹旁，架起了槍。

磅！

瞬間扣下板機，接著馬上朝左後方轉身，回到樹後。

敵人反擊的子彈，掠過了蕾姬，咻一聲竄過了黑暗。

……！

這一瞬間，我完全搞不清楚狀況。她、她實在太厲害了。

剛才那一槍實在了得。

敵人看見蕾姬的瞬間，立刻扣下了板機。

他們兩人的距離約兩公里……M700使用的七點六二NATO彈的初速，是每秒八百四十公尺。

而敵人開槍到命中，所需時間約兩秒半。

蕾姬在那兩秒半之間，找出躲在黑暗中的敵人，開槍，然後安全地躲回樹後。

我對她的身手感到驚訝時——

磅……！

森林的另一頭瞬間光芒四射。有如一道落雷打了下來。

（閃光彈……！）

剛才蕾姬射出的子彈——似乎跟我在伊・U一戰中用的子彈一樣，會發出強烈的閃光。

敵人的周圍肯定亮成了一團，有如身處在盛夏的陽光之中吧。

蕾姬繼續用同樣的動作——來到樹的側面。

磅！

——咿咿咿咿咿咿！！

「嗚……！」

第二發子彈在森林的深處發出尖銳聲響，連此處都能感受到振動。

——音響彈。

這種武偵彈會產生強烈的衝擊音波，一般是用來讓敵人喪失戰意。

（蕾姬……）

——我知道了。

我弄清楚蕾姬的意圖了。

第一發閃光彈，是為了封住微光夜視瞄準鏡。

夜視裝置可將微弱的星光增強好幾倍，但最怕的就是強光。

現在敵人的狙擊鏡大概是一片雪白——不然就是因為安全裝置啟動而功能停止。

蕾姬緊接著用第二發音響彈，追擊失去視覺的敵人。

敵人還利用集音器，擴大了周圍聲音。要是他用耳機之類的東西在凝聽，聽覺不可能毫無損傷。

「——敵方狙擊手，現在按著耳朵很痛苦。他是單獨犯，身旁沒有觀測手。」

蕾姬看了狙擊鏡報告說，語氣宛如觀察白老鼠的科學家。

（……原來如此……）

——狙擊手之間的交鋒，要先讀出對方的人格，再決定攻擊的方式。

那句話就是這個意思嗎。

敵人很有自信，開槍挑釁了蕾姬。因此，蕾姬才能在瞬間找出敵人。

此外，敵人還會依靠機器。甚至建造了一個無法馬上移動的據點，有**過度依賴機器的傾向**。

蕾姬攻其特性——用光芒和聲音，打擊敵方經過機器增強的肉眼和雙耳。

而現在，她掌握了敵方的生殺大權。

我們贏了……啊。

「敵人是——一位年幼的少女。年紀比我還小。」

……什麼？

對方也是女狙擊手——而且歲數比蕾姬還小？

難以置信……不過這話出自蕾姬口中，大概假不了吧。

「要射殺她嗎？」

蕾姬向我確認。「不行，遵守武偵法。」我簡短地回答說。

「那麼，我就破壞敵人的武器。」

磅！

蕾姬放出了一道銳利的槍口焰，狙擊對手，隨後——

（……？）

啪！啪啪！

蕾姬的身旁迸出微小的光芒，她彷彿被光芒給撞倒了一樣。

她的裙子半轉一圈飄了起來，有如在跳舞似的。

接著，有某種液體「滴答滴答」地落在她的腳邊。

「蕾姬……？」

……!?

發生了……什麼事？

她的樣子好奇怪，敵人反擊了嗎？

不對，敵人失去了戰鬥力，應該一籌莫展才對。

而且對方要是狙擊的話會有槍聲，但我確沒聽見任何的聲音。

「……」

蕾姬再次架起槍，做出了狙擊的動作，瞄準的地方和剛才些許不同……

同時一步、兩步地往後退。

「……」

接著，她一聲不響地放下槍，撐在地上支撐自己的身體……

並緩緩地滑落。

當場跪坐了下來。

「……喂……喂……！」

蕾姬的臉龐低伏，我蹲下來撐住了她。

「……！」

她受傷了……！是什麼時候!?

我的手在黑暗中摸索，確認蕾姬的傷勢，發現她的出血量驚人。

她的額頭上方有嚴重的外傷，右前臂和左大腿也受傷了。

剛才那一瞬間，她到底被什麼反擊了。這點我看不出來……！

我帶著絕望的心情，壓著蕾姬的傷口時，吼吼……！嗚吼……！

我們的四周，黑暗的森林中接連不斷地傳來動物的遠吠聲。

聲音就跟剛才的沙皮狗一樣。而且數量……有十隻……不對，是二十隻。

原來如此。因為這群傢伙包圍了上來，所以蕾姬才急著想分出勝負嗎。

「金次同學，這個——」

蕾姬把自己的德拉古諾夫和刺刀遞給了我。

鮮血從她的手肘和額頭，滴答落下。

「很遺憾，我受傷了。我沒辦法趕走這些獵犬，保護你逃走。請你用這把槍保護自己，自己逃走吧。敵人肯定會馬上重整態勢……給我最後一擊。」

「妳在說什麼啊！那妳就更不能手無寸鐵吧，沒武器妳能做什麼？」

我把德拉古諾夫推了回去。

「我還有炸裂彈。就算沒有槍也能引爆它。」

蕾姬從胸前口袋取出第三發——最後的武偵彈。

我明白了她的意圖……咬牙切齒。

——妳打算自爆嗎？

帶著前來取自己性命的敵人，共赴黃泉。

「妳說什麼蠢話……！」

「金次同學，快一點。包圍網要是縮小，就無處可逃了。」

蕾姬正在流血，連頭也抬不起來——

並催促我快點離開。

「我輸了。我比敵人還要弱。弱肉強食，這是大自然的定律。」

這一點……確實沒錯吧。

「行動要合乎邏輯，金次同學。繼續這樣下去，我們兩個人都會死。與其這樣，就算只有你一個人活下來也好。」

這點也……沒錯吧。

「金次同學……你不要顧慮我。我隨著風給的宿命而活，然後死去。這樣就夠了。」

人或多或少——都會活在已經決定好的道路上，

不管那是不是忘想，「風」在蕾姬的世界中，是一種教條吧。對一般人來說，那就像社會或法律一樣。

所以蕾姬順從他而生，順從他而死，這樣也好吧。

——但是。

「蕾姬……妳要在這種地方，連對方是誰都沒搞清楚，就死在她的手上……這樣妳不就白死了嗎……！妳一直在聽『風』的話，沒有笑過也沒哭過……不能有任何情感，就死在這裡……這怎麼可以……！」

我跪在蕾姬身旁說完——

她晃動頭髮，左右搖頭。

「金次同學。我前幾天對你說過：『我沒有一般人會有的情感』。其實我不知道……為什麼那個時候我無法告訴你……我……只有一次，曾經有明確的情感……」

「……蕾姬……」

「『風』……命令我要讓男性……強悍的男性……加入烏魯斯。然後，當『風』命令我**變成金次同學的所有物**時……我的心中……第一次，出現了……自己的情感。」

蕾姬……

「覺得『對象是金次同學，真是太好了』。」

她心中的情感，早已萌芽了嗎。

雖然她沒有表現在動作和態度上……但是她的內心，已經產生了情感。

蕾姬滴答滴答地流著鮮血，繼續開口說：

「所以金次同學，我不是你說的那樣。你……無須在意……延續烏魯斯的使命，我其中一位姊妹會背負下來吧。」

蕾姬……！

「不要，管我了。我能夠跟，讓我第一次產生情感的人……跟你一起吃飯、一起旅行、還收到你送的衣服。時間雖然短暫，這段時間……我有一樣東西沒辦法表現出來……那肯定也是一種情感……因為我……很高興……跟你一起生活的最後兩個禮拜，我每天都很快樂……」

蕾姬說完，抬起了沾滿鮮血的臉蛋。

那張臉——

啊啊！她第一次……

——笑了——

露出了笑容。

大概是為了讓我安心，好放下她自己離開吧。

「蕾姬……」

我看到那生硬的笑容——感覺自己瞬間明白了蕾姬。

蕾姬不是沒有情感。

她只是不知道情感是何物。

她的心靈尚未發育完全。就像小孩子一樣。

我對蕾姬難以進入爆發模式，也是因為我已經隱約察覺到，她的心還是個孩子吧。

蕾姬。

敵人步步逼近。狀況刻不容緩。

妳已經無法戰鬥，很明白地告訴我：要我丟下妳先走。

我只能……一個人逃走了。

「金次同學……你走吧……已經……」

蕾姬的聲音變得很虛弱，但語氣還是一樣很冷靜。

我在她的身旁，把刺刀插入腰帶，德拉古諾夫掛在肩膀上。

「蕾姬。一個人活下來的確比兩個人都死好。」

聽到我的話——

蕾姬小小點頭，似乎放下了心來。

她連回話的力氣都沒有了。

「可是啊——就算我的數學不好，也知道這不是最好的答案。」

「……？」

蕾姬的雙眼隔著鮮血沾濕的瀏海，抬頭看我。

我抓住了她的手腕——

用力把她拉了起來。

「兩個人都活下來肯定是最好的。」

我讓她扶著我的肩膀站了起來。

蕾姬的杏眼看著我，張得比平常還要大一些。

這次雖然不明顯，不過她露出了驚訝的表情。

很好，蕾姬。這樣很好。

就這樣表現出自己的情感。

未來的人生妳要多驚訝，多流淚，然後——更加、更加地露出笑容。

那種坐在血泊中露出的笑容——

豈能變成妳最初也是最後的笑容呢！

「蕾姬。不可以，妳不能死。我看到了，妳剛才——笑了。妳露出笑容了。」

蕾姬——妳此刻開始成長了。

妳才剛踏出第一步，不要就死在這裡。

妳的未來，從現在開始。

妳不再是風的奴隸——而是一個人類，有一個全新的人生。

所以，不要死！

蕾姬剛開始還想抵抗……但很快就連反抗的力氣也沒有，站著逐漸失去知覺。

不行了。

蕾姬沒辦法走了。

我背著德拉古諾夫，用雙手把蕾姬公主抱。還好她很嬌小。這樣的重量，我應該跑得動。這就是火災現場的蠻力吧。

窸窸窣窣……！

獵犬們已經逼近到能聽見腳步聲的距離。

我抱著蕾姬無法威嚇射擊，正在猶豫該逃往何方時——

一個白影，從我的腳邊走了出來。

——艾馬基。

剛才和沙皮狗互咬受傷的艾馬基，站了起來。

牠發出低沉的吼叫聲。即便在黑暗中我也能清楚看見，牠全身的毛倒豎，尖牙利爪畢露的身影。

艾馬基背對我，往森林方向走去。牠是一頭對主人忠心耿耿的狼。

這份忠誠心，讓牠隨時都能賭上性命。就算對手是佩特拉的手下——恐怖的哥雷姆，牠也會發動攻擊，毫不畏懼；還有，上次我被逼到走投無路時，牠還擔任了子彈的跳台這類危險的工作。

而這次也是一樣。

艾馬基，你……

想要接下誘餌的工作嗎？

你想要單槍匹馬，挑戰那群凶暴的獵犬嗎？

你也——是個男子漢啊。

不管是人類還是動物，到了緊要關頭，男人……都必須保護女人。就算會因此失去生命，也一定要做到。

艾馬基半轉身看著我，雙眼在黑暗中散發光芒。

那雙眼睛，信任著我。

彷彿在對我說：**快走，蕾姬就拜託你了**。

獵犬們的雙眼，在不遠處的黑暗中散發著光芒。

「——艾馬基。你要是活著回來，我會買一箱魚肉香腸給你的。」

語畢，

我背對了獵犬群——

背對了發出吼叫、如一陣疾風般跳進獵犬群中的艾馬基。

獵犬群集中攻擊艾馬基，河川方向的包圍因此變得薄弱。我抱著蕾姬，拔腿奔跑。

快逃。

快逃啊。

用盡全力逃走。

我抱著已經昏迷的蕾姬，在森林中橫衝直撞。

現在我不是爆發模式，只是普通的高中生。

不過，抱著女生逃走這種小事，我做得到。我還有辦法背對敵人全力逃走。

而且，前陣子我在蕾姬的「狩獵人類」下東躲西藏，平常也被亞莉亞追得到處亂竄。腳底抹油方面我可是經驗豐富。所以蕾姬妳放心吧。

我越過了幾條泥水小河，手腳被茂密的樹林勾到，還從一個像懸崖般的坡道滑下。

我的身體濕透，沾滿了泥巴，渾身是傷，但還是不停地奔跑，腦中已經沒有在思考。

艾馬基大概還在山中奮戰，替我們托住獵犬吧。

再加上我越過了河川，味道變得難以追蹤，所以那群狗——沒有追上來。我似乎甩掉他們了。

我氣喘如牛，不停奔跑之際，眼前的視野豁然開闊——

來到了一片波斯菊盛開的寬敞原野。

花朵在星空下百花齊放，看起來有如淡紫色的煙靄。

我撥開野生的波斯菊前進，扯開喉嚨大喊，想確認她有無意識……

「蕾姬……蕾姬！」

然而，蕾姬沒有反應了。

我知道她手腳的溫度正逐漸冰冷。

「……蕾姬……！」

我心感急躁，但還是把蕾姬放在波斯菊中——並抽出腰帶中的繩索，用藏在皮帶扣後方的小刀切斷它。接著，用繩索幫蕾姬的前臂和大腿止血。

我確認她還在呼吸後，抬起頭來環顧四周。這附近有人家嗎？不管是多小戶都無妨。總之要快點打一一九。

啊啊！要是手機一開始沒有被打壞……

只要一有訊號我就能請求支援，不管要叫救護車還是叫什麼都沒問題的說。

這一帶沒有燈光。我甚至搞不清楚市區在哪邊。剛才我一味地背對敵人逃了過來……搞不好我跑的方向和市區相反。

此時——

一隻蝴蝶翩翩飛舞……

飛進了我的視野中。

牠看起來像一隻鳳蝶，在我們前方小小的迴旋後，彷彿在引導我們似地——往一個方向開始飛去。

那個方向的前方，越過山谷，穿越雜木林之處——

我瞥見一絲的光線。

定睛一看，有好幾道光芒……連接在一起。

那八成是路燈吧。

只要到那裡，或許就會有車子經過。或許就找得到人求救。

可是，啊啊……！

好遠……！

遠到令人絕望。

（蕾姬……不要死……！）

我再次把蕾姬抱到胸前，將全身的力氣灌入站起的雙腳之中。

蕾姬，不要死。

我到了這裡，才總算認識妳。

稍微……理解了妳。

所以——我有一些還沒說出口的話，必須要告訴妳。

所以妳不要死……

不要死，蕾姬！

Go For The NEXT!!! 蕾姬

我不停奔跑，終於跑到了高速公路旁——

膝蓋彎曲垮了下來，讓蕾姬橫躺在柏油路上。

「哈！哈！哈……！」

我上氣不接下氣，腦中一片朦朧。

——已經是極限了。我跑不動了。

長時間待在森林中的關係，導致我的身體變得很虛弱。我用這樣的身體，抱著一個人不停奔跑。蕾姬的身體雖輕，但還是有重量。而且，我跑的是沒鋪柏油的路面，身體的疲憊感似乎增加了好幾倍。

我雙手撐在道路上，大口喘著氣。

這時……某個東西飛啊飛地，來到了我的身旁。

剛才在波斯菊平原上飛舞的蝴蝶，不知為何早我一步繞了過來……好像在擔心我一樣，在我周圍飛舞後，停到了我的左手上。

蝴蝶又大又白，看似鳳蝶般的花紋上——有星形的花紋。

這花紋我似曾相識……但是，現在不是觀察蝴蝶的時候。

（——什麼車都好，路上……沒有車子經過嗎——？）

要是有車經過，我就用武偵手冊攔住它，然後把蕾姬送到醫院去。

這條車道是一個下坡，而我的位置剛好在一個大彎道上，受到地形和樹木的遮掩，我看不清楚遠方的東西……不過，現在沒有車子開過來的跡象。

該死……沒辦法了。

一分鐘，我就在這邊等一分鐘，直到我的腳能夠再站起來為止。

時間到了如果沒有車子經過，我就抱著蕾姬繼續奔跑。

我下定決心後——卸下背在身上的德拉古諾夫，看了一下狙擊鏡。

就算是一分鐘，也不能夠浪費。蕾姬剛才說過……

『這副狙擊鏡有內建相機，它會記錄我在狙擊瞬間看到的景象。』

我一邊回想，摸索狙擊鏡……發現它的下半部有一顆小按鈕。

我窺視狙擊鏡，用指尖隨意按下按鈕。接著，狙擊鏡中的視野切換，我看見一架塗黑的遙控直升機。

這是蕾姬剛才射擊直升機時，拍下的數位照片吧。

我反覆按了同一顆按鈕。

直升機的照片連續出現四張後，畫面變成在瞄準一隻黑狗的腳。

照片先是右腳、再來是左腳。然後下一張照片——

(——!)

讓我的呼吸差點停止。

發射閃光彈、音響彈和普通彈時——拍下的三張照片，裡頭的人物正如蕾姬所言……是一名少女。

而且——很眼熟。

她有一頭長如亞莉亞的黑色雙馬尾。穿著花俏的中國服，就跟襲擊我的那次一樣。

這傢伙是……開學典禮那天襲擊我的香港留學生。

「……昭昭……！」

錯不了。

照片雖然很暗，不過第三張清楚拍到了她的全身照。

影像中，昭昭衝出樹葉偽裝的陣地，正想跳上身後的越野摩托車CTM250AR。

(昭昭……在格鬥戰打倒了爆發模式下的我，亞魯・卡達戰又和亞莉亞平分秋色——)

——狙擊的技巧……還能和蕾姬匹敵……嗎？

世界上有這種少女嗎？

不對，這種人**有可能**存在於世界上嗎？

格鬥、手槍、狙擊。這三種技巧要練到登峰造極，需要花上好幾年。我們這個歲數……不對，比我們還要小的人，不可能同時精通兩、三種技巧。

「萬能的武人——『萬武』的……昭昭……」

我呢喃著她先前報上的外號時——

左方……山岳的方向，傳來了細微的引擎聲。

我猛然抬頭，起身以為有車子過來了。

——嗡……！

有如氣笛般逐漸清楚的聲音……

——嗡嗡嗡……！

「……嗚！」

讓我立刻拔出手槍。

這就是所謂的說人人到，說鬼鬼到嗎。雖然我剛才是在自言自語啦。

——那是摩托車的聲音。

而且還是高亢的二行程引擎的聲音，連外行人都聽得出來。

剛才照片中拍到的CRM250AR上頭，也裝了那種引擎。

不可能剛好有一模一樣的摩托車經過吧。二行程的摩托車因為排氣量的限制，市面上已經沒有販售了。（註16）

16　這裡是指日本，且競技用的摩托車除外。

如我所料，騎著摩托車深壓過彎的人——正是昭昭。

「昭昭！」

我站到能夠保護蕾姬的位置，舉起了貝瑞塔。

「嘻嘻！」

昭昭露出笑容，催油蛇行，使得我的準星無法描準。

轉眼之間，昭昭緊急煞車，從我身旁擦肩而過。

「——！」

我立刻轉身……卻無法舉槍。

因為昭昭傾斜摩托車，在我身後數公尺處停住，手中拿著一把槍對準了我。

那把槍還是裝了滅音器的烏茲衝鋒槍。

這種狀況下……

昭昭的彈數比我多，她又是手槍戰的高手，實力可匹敵亞莉亞。相較之下，我既不是爆發模式，交戰的同時還要保護受重傷的蕾姬。

——我心有不甘，但實在是束手無策。

「把槍丟掉。胸前的ＤＥ（沙漠之鷹）也是。」

昭昭用槍口示意一旁的灌木叢，我不得已只好丟掉貝瑞塔——還有無法運用自如的沙漠之鷹。

「蕾姬——九十分，是一顆好棋子，所以我收下了。金次，你還是一樣零分。不過你是一顆戰績優良的棋子。我喜歡。我也要收下帶走。」

「……收下……妳在說什麼？」

我無法動彈，瞪著話說得不清不楚的昭昭。

「未來，所有的超能力者都會滅亡。所以像你們這樣**『只是普通人不過卻很厲害的棋子』**，我要盡早弄到手，懂嗎？」

「……？」

「而且蕾姬是北狄，你是東夷。很適合當我這個中華公主的戰士。」

我……怎麼有聽沒有懂。妳到底在說什麼？

妳回去把中文學好再過來。

昭昭看到我一臉混亂，嗤之以鼻。

「本小姐會提拔你的。Cao Cao Mende，你知道嗎？昭昭是他的後代。」

「……沒聽過。」

「曹操孟德。」

「……是喔。」

「——你反應太冷淡了，不可原諒！」

啪咻！

昭昭突然動怒，對空開了一槍威嚇我——

當她把槍口再次對準我，想開口下令時，

「……！」

她似乎注意到什麼，突然發動摩托車，油門一催原地轉了一圈。

緊接著，有一支箭矢掠過了昭昭的雙馬尾，

——鈴！

伴隨著鈴聲，從我眼前飛了過去。

昭昭操縱摩托車，是為了躲過剛才這支箭矢。

箭矢飛來的方向……我看見一輛酒紅色的車子，風馳電掣地朝這裡衝了過來。

距離大約一百五十公尺。

（……那是……！）

那輛敞篷車的前方，有一個人單膝跪在引擎蓋上方。

距離雖遠，但是我知道。

那個人頭戴亮金色護額，身穿紅白巫女服，衣袖束在後方，手中拿「和弓」架著箭矢。

她是星伽的武裝巫女。

不過，此人並非白雪。

京都有星伽神社的分社。她似乎是那裡過來的援軍！

這時，剛才那隻蝴蝶飛舞了過去……有如在迎接那輛車一樣。

看到這幅景象，我才聯想到。

那隻蝴蝶是星伽鳳蝶。

我小時候，曾經在青森的星伽神社中看過。

為何白雪她們要飼養那種蝴蝶，這點當時我沒有想過……但其實，那是一種使魔吧。

就像襲擊台場賭場的沙礫魔女：佩特拉將聖甲蟲——金龜子當作自己的手下一樣，星伽的巫女會操控蝴蝶。

嗤嗤……咻！

眼前這位苗條的巫女，這次用超過兩公尺的和弓，射出了二連矢。

驅趕魔物的鈴聲再次響起，附有老鷹羽毛的竹箭矢迎面飛來。昭昭以摩托車為盾。箭矢咚咚兩聲射在車上，油箱因此而漏油。

——太神了。

她居然能從搖晃的車上，從那麼遠的距離……用沒有任何瞄準器的和弓，放箭射中油箱。

咑咑咑！

昭昭用烏茲射了幾槍應戰，接著立刻跳上摩托車，

「昭昭代代都是能逃就逃，只要最後能贏就行了。再見。」

語畢，她騎著漏油的摩托車偏離車道，從灌木叢衝入樹林間，隨後便消失了。

我撿起蕾姬的德拉古諾夫，以外行人的水準想要狙擊……不過卻行不通。

因為昭昭已經不見蹤影。

引擎聲也逐漸遠去。

好一個當機立斷，合乎邏輯的傢伙啊。

根據我的經驗，這種可以毫不猶豫就打帶跑的敵人……反而不好對付。

我咂嘴，轉頭看蕾姬的方向時——

剛才那輛車——光岡汽車的高級車、酒紅色的卑彌呼（HIMIKO）——正好停了下來。手持和弓、半跪在引擎蓋上的巫女，看著山岳的方向警戒。

坐在車內的是上個月來接粉雪的美女駕駛，以及——

「……小金！發生了什麼事……!?」

手指上停著星伽鳳蝶的白雪。

「白雪……得救了。妳居然能發現我們。」

「因為深山的方向傳來了音響彈的聲音，我突然覺得忐忑不安……所以用蟲術調查了一下。而且我有打電話給小金，結果電話卻不通……我、我，嗚……」

白雪淚眼汪汪地走下車，彷彿想確認我沒事一般，朝我抱了過來。

接著，白雪馬上就發現蕾姬倒在一旁，「糟糕……！」她跪在蕾姬身旁，雙手摀嘴，眼睛瞪得像銅鈴一樣。

「蕾姬被剛才那個傢伙打傷了。快點送她去醫院——」

我才剛說完，

「蕾姬——？」

走下引擎蓋的另一位巫女如此呢喃，跪在白雪的身旁。

原來她是風雪。女大十八變，她現在已經是一位苗條的美女，所以我一時認不出來。

她是白雪其中一個妹妹，比白雪小一歲。

風雪從小就跟蕾姬一樣冷酷，現在還是老樣子。

她剛才用弓箭經歷了一場戰鬥，現在又看見蕾姬渾身是血……臉色還是一點都沒變。

面無表情的風雪，對白雪一陣耳語後——

「……怎、怎麼會！妳沒弄錯吧？」

白雪慌忙轉頭。

風雪點頭回應……

冷靜地說了一個我不想知道的事實——我未婚妻的真實身分。

「這位是源義經——成吉思汗大人的後裔。大陸的公主。」（註17）

17 源義經為日本平安末期的英雄人物，燦爛而悽涼的人生際遇令聞者無不嘆息，以致後來產生了兩種源義經其實未死的論點，其中一種就是由日本西行逃往蒙古，變成了成吉思汗。但一般認為成吉思汗之說純屬穿鑿附會，不足採信。

後記

恭祝！「緋彈的亞莉亞」TV動畫化！

大家終於可以在電視上看見活靈活現的亞莉亞了。

金次、白雪、理子和蕾姬也都會動起來！會說話！真是太棒了，艾馬基！

感謝會在網路上發表感想的讀者；也感謝常常會在明信片上，畫角色插圖寄給我的讀者；以及購買這本《緋彈的亞莉亞》的所有讀者們——多虧有你們，亞莉亞等書中的角色才會被賦予生命，動了起來。

真的、真的很感謝各位讀者的支持。

未來，也請各位繼續支持書中的人物喔！

此外，本書上市的同時，於月刊Comic alive連載中的漫畫版《緋彈的亞莉亞》第一集也一併出版了。

它是一本粉絲必備的工具書，可以讓已經看過小說版的各位讀者，抱著「啊！原來小說版的那一幕，是這個樣子啊！」的心情，再次享受書中的世界，

赤松我也會購買。作者兼讀者，自己買一箱！

——好了，又到了「緋彈的亞莉亞Q＆A專欄」的時間了！

我在第五集的後記中，募集了各位讀者對本作品的問題，結果收到了許多讀者們的投稿！我好高興！這次我先從裡面挑出一個問題來回答。

Q：「為什麼第五集中制服的顏色突然變了？」

這個問題發現得好！答案很簡單，就是「換季」。

武偵高中的女生制服有冬季和夏季兩款，紅色長袖的水手服是冬季，而藍色短袖的水手服則是夏季制服。因為夏天不穿涼爽一點，活動力可是會變差啊。

不過，這套夏季制服能防彈的部分減少，所以防禦力也會下降。因此能穿著夏季制服的時間只有七月和八月。常常身處戰場的武偵，就算會熱也要穿著長袖打拚。

可不是因為赤松我覺得：「紅色也不錯，不過偶爾穿穿藍色也好！不過主要還是穿紅色！呵呵呵！」而把自己的喜好強加在こぶいち老師身上喔！

……對了，投稿發問的時間尚未截止喔。請大家利用版權頁上的ＱＲ碼，連結到行動問卷的訊息欄，盡量發問喔。

那麼我們下一個季節書店再見了。祝大家天天都精神百倍！

二〇一〇年四月吉日　赤松中學

繪者後記

祝!!亞莉亞第六集發售&漫畫第一集上市&動畫化!!

第六集發售的同一時間，漫畫版亞莉亞第一集也上市囉！

こよか老師筆下的亞莉亞，可愛的模樣讓我想要興奮尖叫。

還有，聽說亞莉亞做成動畫了，實在是可喜可賀!!

我有買ＤＶＤ錄放影機真是太好了ヽ(´▽`)ノ

我會跪坐在電視機前面，等著節目播出的！

關於第六集的插畫方面，蕾姬可愛的一面大爆炸。所以我也鼓起了幹勁，把插畫弄得很可愛。

不過，本集亞莉亞出場的次數很少，我希望她在第七集可以大顯身手。

祝!!
アリア6巻
発売
&
コミック1巻発
&
アニメ化!!
6巻発売とほぼ同時に
コミック版アリア１巻発売ですよ！
こよか先生の描かれるかわいらしいアリ
キーキー言われたい。
そしてアリアアニメ化だそうで
おめでとうございます！！
DVDレコーダー買っておいて
良かった ヽ(´▽`)ノ
正座してテレビ前で待機しようと
思います！
さて６巻ですがレキの可愛い面大爆発な
挿絵でも可愛く見えるよう
気合い入れました。
しかしアリアが少なくて寂しかったの
７巻ではアリアが活躍してくれると
いいなあ。

恭祝第六集發售&ＴＶ動畫化！
漫畫第一集也請各位多多指教！

插畫：こよかよしの（漫畫版作者）

文庫6巻
&
TVアニメ
おめでとう
ございます
漫画1巻も
併せて
よろしくです…
イラスト：こよかよ

浮文字

緋彈的亞莉亞(6) 絕對半徑2051

(原名：緋弾のアリアVI 絶対半径(キリングレンジ)2051)

作者/赤松中學　封面插畫/こぶいち　譯者/林信帆
發行人/黃鎮隆　協理/陳君平
總編輯/洪琇菁　國際版權/林孟璇
執行編輯/呂尚燁　美術主編/李政儀
企劃宣傳/邱小祐

出版/城邦文化事業股份有限公司 尖端出版
台北市中山區民生東路二段一四一號十樓
電話：(〇二)二五〇〇七六〇〇　傳真：(〇二)二五〇〇二六八三
E-mail：7novels@mail2.spp.com.tw

發行/英屬蓋曼群島商家庭傳媒股份有限公司城邦分公司
尖端出版 行銷業務部
台北市中山區民生東路二段一四一號十樓
電話：(〇二)二五〇〇—七六〇〇(代表號)
傳真：(〇二)二五〇〇—一九七九
讀者服務信箱：sandy@spp.com.tw

北部經銷/祥友圖書有限公司
電話：(〇二)八五一二—三八五一
傳真：(〇二)八五一二—四二五五

中部經銷/高見文化行銷股份有限公司
電話：〇八〇〇—〇五五—三六五
傳真：(〇二)二六六八—六二二〇

雲嘉經銷/智豐圖書股份有限公司 嘉義公司
電話：(〇五)二三三—三八五二
傳真：(〇五)二三三—三八六三

南部經銷/智豐圖書股份有限公司 高雄公司
電話：(〇七)三七三—〇〇七九
傳真：(〇七)三七三—〇〇八七

一代匯集/香港九龍旺角塘尾道六十四號龍駒企業大廈十樓B&D室
電話：(八五二)二七八三—八一〇二
傳真：(八五二)二七八二—一五二九

法律顧問/通律機構
台北市重慶南路二段五十九號十一樓

二〇一一年二月一版一刷
二〇一三年八月二版六刷

■中文版■

郵購注意事項：
1. 填妥劃撥單資料：帳號：50003021戶名：英屬蓋曼群島商家庭傳媒(股)公司城邦分公司。2. 通信欄內註明訂購書名與冊數。3. 劃撥金額低於500元，請加附掛號郵資50元。如劃撥日起 10～14日，仍未收到書時，請洽劃撥組。劃撥專線TEL：(03) 312-4212 ・ FAX：(03) 322-4621。E-mail：marketing@spp.com.tw

國家圖書館出版品預行編目資料

緋彈的亞莉亞 / 赤松中學 著 ; 林信帆 譯. --1版.
--臺北市：尖端出版, 2009[民98] 面 ; 公分. --(浮文字)
譯自：緋弾のアリア
ISBN 978-957-10-4422-4(第6冊：平裝)

861.57　　98014545